我が二つの人生

長田志郎

Parade Books

題字　長田絢子

目次

1章

幼年学校入学以前

大正10年4月10日。私の誕生日である。

当時門司市議会議員であり、占いに凝っていた祖父純一は、早速一生を占って、赤ん坊の名を『志郎』と命名する、と皆の前で発表した。「この子は将来日本で長田の名を上げるか、または長田家の財産をほとんどなくすであろう」と。

今、満80才を越えて第二の人生医業を長女に譲り、次男が医大卒業後漸く医師国家試験に合格して研修医の生活に入ったことで将来の見当がついたので、80余年の思い出を書くことにした。

まず長田家の先祖について父母、祖父母（祖父は私が6才の時死亡）より聞いていた話である。

郷里田野浦の歴史は古く、神話時代神武東征で案内した田野浦漁夫の記録がある。また源平合戦の結末は平氏、安徳天皇の入水と平家滅亡の物語が関門海峡になお残っている。だが田野浦の長田家にとっての歴史は、幕末に近くなって、関西方面の北前船が日本海に沿って下関そして田野浦に寄港、物資補給のために上陸したことで田野浦に空前の繁栄をもたらしたあたりから始まる。繁栄に伴い、通りには料理屋、女郎屋等が立ち並び、長田家は両替屋、質屋等を営み財を成したと思われる。

私は幼少時代、身体《からだ》が弱く、門司港で開業していた医師中田先生にほとんど毎月お世話になっていたようだ。母からは、当時の金で毎月10円位支払っていたと聞いたので、相当な病弱といえる。それでも次第に元気になり、小学校時代はほとんど病気もせず、といって勉強もせず、当時一番優秀だった蒔田君についていく形だった。

卒業前、担任の宮本先生が受験者を居残らせて課外授業をしてくださり、福岡県立門司中学校を受験した。合格者は私1人であった。
門中生活であるが、近所に2年生の石見さんがおられ、毎朝迎えに来ていただいていた。私が時間ぎりぎりであったため、だんだん出発が遅くなり、最初は中程から、ついには家の前から2人で手提げかばんを各々脇にかかえて1、2、3、と走り始め、約1里（4キロメートル）の通学路を走り通しどうにか遅刻せずに校門に着く、という具合だった。これは生来身体の弱かった私には非常に良い訓練であり、その証として、のちに全校マラソン大会で3年以上の部で石見さん、1～2年の部で私が1番となり、新聞の地方欄に初めて名が載り喜んだものだった。

中1の時、父母には無断で陸軍幼年学校の体格検査を受け、胸囲不足で落ちたことで発奮し、漁船を借りて櫓を漕ぎ、鉄棒や腕立て伏せをして胸囲を増すため1年間努力した。そして中2の時、2回目の身体検査、続いて学科

門中3年の時　母正子と

試験も通り「広島幼年学校に採用す」との電報を受けた。当時は東幼（東京陸軍幼年学校）1校だけしかなかったので、※本当に広島幼年学校なるものができるのかと心配になり、陸軍省に直接電話して問い合わせた。陸軍省からは「今年から広幼が必ずできるから」と返答され安心したが、今度は両親が、一人息子（妹2人）で後継ぎだと思っていたのに陸幼に入れば生命が危ないと思ってか大騒ぎになり、門中校長先生の所に辞退できないかと相談に行く始末。校長先生からは「長田君が幼年校を辞退すれば、今後門中からは幼年校に入れなくなるから」と説得され、漸く諦めたようだ（合格率200人に1人という難関であった）。

※明治時代に創立され、広島を含めた5都市にあった地方幼年学校は、軍縮により大正14年に廃止となっていた。

2章

広島幼年学校

広島幼年学校1年の時　両親、祖母、妹2人と

昭和11年4月、私の第一の人生、陸軍将校への道は広島幼年学校に入学することによって始まった。

広島城（鯉城）の前の旧幼年校舎に上級生はおらず、総員150名が三訓育班に分けられた。私は三訓で、鬼頭生徒監殿に、軍事教育、教練、体育、特に将校生徒としての教育をしっかりと受けた。学課は六学班に分けられ、語学は露語班、仏語班、独語班の3ヶ国語があり、私は六学班で独語班だった。午前中は学課だったが、特に語学はドイツ人文官教官（ゼッケル教官）から1時間、ドイツ留学帰りの日本人教官（丹野教官）から1時間ずつ教えられ、それに朝食時間中、以上3ヶ国語の会話とレコードを交互に全員に聞かせるのである。何分にも15、6才の頭の柔らかい年頃である。私も独語班でありながら、意味の分からないロシア語の会話を棒暗記して露語班の戦友に話しかけ意味を聞いたりした。しかし本番のドイツ語は真剣に学んだ。その結果、ヒトラーユーゲント（ヒトラー青年団）が日独伊防共協定成立記念に来日し、各幼年学校を親善訪問した際に、3年独語班の者が主に接待委員として、学校や広島市街、宮島等を案内し、一緒に食事をし会話をしたが、不自由を感じなかった。

また敗戦後第二の人生を決める第一歩、九大医学部受験にドイツ語の選択が許されたので、10年近くドイツ語から離れていたにも拘らず、2、3ヶ月の勉強で合格点は取れたと思った。『少年倶楽部』に掲載されていた山中峯太郎著の「星の生徒」を愛読し、幼年学校生活に憧れていたのだが、今度はドイツ語が加わりドイツ駐在武官が夢となり、勉強に励んだ。

いずれにしても広幼3年間の生活は本当に楽しい思い出も多く、また何人かの一生の友といえるような親友を持つことができた。その一人が石志悦郎君だ。最初の寝台戦友であり勉強机も隣で学友でもあった。彼は4月2日生まれで私は4月10日生まれ、彼は佐賀中、私は門中、共に温厚で静かであり、たちまち意気投合した。彼は抜群の頭脳を持っていたが少し抜けた所があり、午前中の学科の時よく忘れ物をした。教官が「戦友はだれだ」「ハイ、長田です」「一緒に取りに行け」という訳で教室から生徒舎まで3、400メートルを駆け足で往復した。彼は航空機、特に戦闘機乗りとなり大東亜戦をよく生き延び、終戦翌年九大で彼は工学部、私は医学部で再会し、時々会っていた。彼の方が先に卒業し、フルブライト奨学金を獲得しアメリカ資本でアメリカに留学して以後会わなかったが、10年ばかり前から同期生会で会い、時々電話で話したりしている。後にも記すが、彼には数年に1回ずつ、何度か驚かされた。

日曜ごとの外出に街を歩くと、お母さん方の反応は「まあーかわいい」はよいほうで「小さな兵隊さんかわいそうに」と同情されたが、こちらは志願して何百人に一人の難関を突破し、将来将校となるのだとのプライドがあるので平気だった。下士官将校にはきちんと敬礼し、兵隊さんは対等と教えられたのでそのまますれ違った。入校1ヶ月後に150名全員の姓名記憶検査があり、私はおとなしいと思われたのか試験の対象の一人となり、全員の前に立って姓名を記載するように求められた。そして成績が悪かったのか1週間後再検査があり、そのお陰でお互いどんどん名前を聞き合って全員覚えた。それでお互いの気持ちがほぐれて広幼四十期の団結は強まり、終戦後も同期生会で会うのが楽しみだった。何しろ〝カデ〟[※]出身者は、口には出さないが明治天皇の勅令により開校され、軍縮時に一時廃校されたとはいえ、陸軍上層部、元帥、大将といった方々は幼年校出身者が多く、我々も将来陸軍、更には国を背負うようになるかも知れないという大望を胸に抱いていた。それが夢で終わらぬよう、真剣に勉強し努力した。聞けば大部分が中学で2～3番以内の有能な努力家ばかりだった。毎年秋には1週間位の修学旅行があり、現地で戦国以来の有名な戦闘について講義があり、宿の御馳走《ごちそう》と共に楽しみだった。

早いものでたちまち1年が過ぎて新1年生が入学した。今までの旧校舎では狭くなり、既に新校舎がお城の裏側（今までは表側）にできていたので移転した。上級生として各訓育班から模範生徒（指導生徒）として選ばれて各々1～2名の1年生と同居して生活や幼年校独特の伝統を指導した。それがいかに頭に残ったか、数年前広島で「広幼会」があり参加したところ「長田模範生徒先輩」と重役風の堂々たる方に挨拶され、握手してその人を思い出し、50年振りに当時を思い出していろいろ話した。

※【カデ】：ドイツ語で士官学校を意味するカデッテンシューレ（Kadettenschule）の略で幼年学校卒業者のかくれた自負と誇りであった。

広島幼年学校同期の大村君と

広島幼年学校2年運動会（右から2番目が筆者）

広島幼年学校運動会（旗の星の真下にいるのが筆者）

3章

陸軍士官学校

昭和12年に支那事変が始まり次第に軍国化が進み、新設部隊が増えることで将校が不足するので、繰上げ卒業が当たり前となった。我々幼年校生300人も、予定より半年近く早く卒業してすぐ陸軍予科士官学校に入校、普通中学出身者約2100人と共に陸士五十五期生となり、今後一生、生死を共にする同期生として出発した。編成は十二個中隊、各中隊は五個区隊30名ずつで、私は第三中隊第三区隊、区隊長は後区隊長、四十八期で厳しいが私的な時は優しい人だった。また同中隊第一区隊に賀陽宮邦寿王殿下がおられ、我々は〝殿下の中隊〟ということで誇りにしたものである。

私の寝台戦友になったのは金昌圭君であった。彼は朝鮮李王朝の血縁であり、頭は非常に良かったし日本語もほとんど日本人と変わりなかったが、何しろ日本での軍隊生活は初めてで、どうも不慣れで困ることが度々あった。

私は3年近い経験があったので銃の手入れや整理整頓等で分からなかったり間に合わない時は口で教えたり、直接手伝ったりしたこともあった。終戦後、彼は韓国に帰りソウル大学を卒業して先生をしていたが、朝鮮戦争で志願して南鮮軍に入った。釜山近くまで圧迫されるという大苦戦をしたが盛り返し、20年前には空軍参謀長となり、定年後は代議士、各国大使を歴任後経済会に入り、造船業その他の創設に参加し社長をしていた。その時に訪韓して1夜泊めて貰い、いろいろ話した時、「予科では長田君がじっと待機してくれて助かった」と話していた。「南北朝鮮の統一は我々の生きている間は困難だろう」と話していたのが印象的だった。

予科士官学校は将校への基礎教育であり2年で卒業のところを1年半位で繰上げ卒業で、兵科決定。任地志願では皆それぞれに希望を持っていたが、区隊長の大局的判断で、まず航空兵科の身体検査合格者の大部分が空軍大拡張のため航空兵科になり航空士官学校に入学し、残りは地上兵科で当然歩兵が半数以上。私も歩兵で郷里の小倉十四連隊を志願したが、区隊長の考えは、日本の軍隊は九州出の将校が東北出の兵隊を指揮した時、または反対の組み合わせが一番強いというもので、私は東北に着任することになった。会津若松の白虎部隊第二師団二十九連隊に、といっても満州牡丹江に駐留中なので、士官候補生として12名が秋深く小雪のちらつく牡丹江に赴任した。そして零下30℃近い極寒の中の部隊付の生活の中、上等兵から始めて2ヶ月後に伍長、更に2ヶ月後に軍曹になり、その間に兵の勤務から始め下士官の勤務を一通り体験した。ただ食事だけは将校食堂で将校並の食事がとれた。連隊長以下先輩将校も教育の時は厳格だったが、それ以外の時はかわいがってくれた。

やがて3月末、命令一下陸士入校を命ぜられ一路上京した。帰りの長い汽車旅行でいろいろ考え反省した。

「自分は特に頭が良いとは思わない。また身体もやせ気味で力も弱く、特に頑健という程ではない。ただ、幼年校生活で軍隊、特に陸士生活は一切平等だから、余裕はないが、寸暇を惜しんで絶対絶望せず最後まで頑張ってみよう」と決心した。前述したように私は決して頭は良いとは思わない。読書は好きだが、勉強で試験前でも徹夜をしたこともない。ただ幼年学校時代に卒業後陸士の教え子のみに回覧された生徒監鬼頭少佐殿の「勉強の心得」は非常に印象深く、全文を写して時々読んでいた。

ここで恩賜のことに少しふれておこう。

幼年校では卒業時、校長か侍従武官から3名（1～3番）の優秀な者が銀時計を授与されたが、私はほとんど無関心だった。ところが隣の中隊にいた前述の石志君が、卒業時トップ（2400名中）で恩賜を授与された。自分は20番で、18番まで恩賜が授与されたから2番違いで逸したことになる。物理の試験で失敗し、何となく自分で諦めていたのが、石志君のトップに驚くと共に非常な刺激を受けた。余談だが、陸士入校後散髪をしてもらった校内の散髪屋からは、「わしは30年間この仕事をしていて、何人もの恩賜の頭を見てきたが、あんたの頭は恩賜になれる頭の形だ。頑張りなさい」と言われたこともある。

さて陸士生活である。

幸い剣道は好きで中学時代からしっかり稽古《けいこ》したので、クラスのだれにも負けない自負はあったし、長距離を走ったり歩くのも中学の通学で毎朝1里を走ったので馴れているし、胸囲を増やすため鉄棒や船漕ぎ等いろいろ努力したのが役立って教練体育等は上位にあったが、問題は学科の勉強時間だった。全員起きてから寝るまで分刻みで平等である。そこで当然授業時間中の集中、努力が重要であるが、これは当然忘れやすいので、午後の教練で歩く時また軽く走りながら、午前中の学科の復習を頭の中でした。それに自習時間は書かねばならない科目に集中し、後は便所、就寝時間の20～30分を予復習に捧《ささ》げた。疲れた時はすぐ寝たこともあるが、自分の一生でこれ程の寸暇を惜しんだ勉強は後にも先にもついになかった。

完全武装で三八式歩兵銃をかついでの駆け足は苦しかったが、それでも落後しそうな友に声をかけ、倒れそうな時は彼の歩兵銃を左肩にのせ、すなわち両肩に2本をのせて走った。これは重くてこちらの方が倒れそうになったが何とかバランスを取って頑張り、友を励まし落後しないで済ませた。

こうして陸士生活2年はたちまち過ぎて、その間に世界情勢も大きく変わった。ドイツ軍はまずポーランドをたちまち占領し、反転してフランスを攻略しイギリス軍を追い返し、ついに対ソ連戦を始めモスクワを攻略した。スターリングラードの決戦に敗れついに泥沼の長期戦となり、日独伊防共協定を結んでいる日本には、シベリアからの攻撃は強制できないが、秘密裏に強力な参戦の要請があったと想像できる。

昭和16年7月18日、第五十五期生の陸士卒業式は天皇陛下親臨の下、厳粛に行われた。そして式の前日、優等生の名前が発表され、その中には私の名前もあった。ちょうど卒業式参列のため、両親と妹が面会に来たのでその旨を伝えると、初めはびっくりしていたが涙を流して喜んでくれた。親孝行をしたと実感した。

序列は1800名中3位。5人一組で陛下の前で姓名を読み上げられ、5人足をそろえて前に進み指定の位置に並んで立ち、侍従武官から1名ずつ目録を渡された。硬くなって失敗せぬことを思っていたが後で感激で胸一杯になった。

「成績優秀につき時計を賜《たま》う」

いわゆる『恩賜の銀時計』が一生ついて回り、第二の人生での九大医学部卒医学博士より常に優先した。陸軍全盛時代は陸士卒の序列が少尉から大尉位までの序列であり、これに影響するのは戦地における戦功であり内地での勤務も抜群であれば当然上がるし、逆に失敗、特にいろんな事故を起こせば負の方に働くのは当然であろう。

陸士卒業時、原隊（歩兵第二十九連隊）から新設の十三師団、歩兵第六十五連隊付を命じられ、先程の世界情勢でソ連をまず攻撃するか、南方へ進出するか、中枢部が方針を決定するための〝関特演（関東軍特殊演習）〟がはさまり、10日間原隊の本拠の会津若松で待機した。何の任務もないので磐梯山に登ったり、猪苗代湖畔を回り、野口英世出生の家を訪ねたりした。

何しろ前年ノモンハン事件があり、ソ連の戦車砲撃・空爆となり兵力と装備で日本軍を圧倒し潰滅的な打撃を与えたばかりである。日本軍は支那事変で北支中支に兵力を分散しているので、仮想敵国とはいえシベリアを突破するのは難事であり、我々下級将校は真先に戦死するであろうと覚悟した。しかし陸軍上層部はソ連への攻撃はやめる決定をし、また卒業時の命令は直ちに実行され、中支派遣となった。時は昭和16年7月末、まさか年末には大東亜戦争勃発が待っているとは夢にも思わなかった。年齢19才4ヶ月。見習士官としての思い出の地広島市宇品から乗船、上海に向け出発した。

4章

見習士官小隊長

――中支戦記――

陸士卒業後、関特演（関東軍特殊演習）のために原隊待機となった10日間は前述した通り結果的に休暇となった。出征と言っても出発地点は広幼在学3年間の懐かしい広島宇品港に定まり、1日余裕を持ってまず門司に帰り先祖の墓に詣で、父母、祖母、妹たちに別れを告げ、郷里の親戚、知人に挨拶をして宇品港に集まり、中支赴任の見習士官約300名は上海への航路を出発した。上海到着後1泊した後南京に移り、二十九連隊の先輩将校に招待され中華料理を御馳走になった。ただ覚えているのは約1メートルもある揚子江の鯉の丸煮を出され、「さすがは大陸だ」と驚いたことだ。

南京〜漢口間は爆撃機で空輸されて漢口の中支軍司令部に集まり、軍司令官であった阿南惟幾《あなみこれちか》中将に私が代表して着任申告をした。

阿南中将は、終戦の時の陸軍大臣として、陸軍を代表して御前会議で徹底抗戦を主張し、裁決が終戦となるとあまりに泣いたので、「阿南泣くな」と陛下からお声をかけられ、退出すると直ちに自殺したことで有名である。長年陛下の侍従武官をされ、我々が幼年生徒になった時の東京幼年学校校長であり、昭和16年現在中支派遣軍の軍司令官として指揮を取っておられ、第一次広幼の大先輩であると聞いていたので何となく親しみを持っていた。その後の歓迎昼食会で副官から「長田見習士官」と呼ばれ、「閣下（阿南中将）の前に座れ」と言われた。その時に阿南中将から、「長田か。百武（広島幼年学校校長）から聞いておるぞ」と言われたことだけは記憶しているが、その後はかーっと上がってしまい、何を食べ、何を聞かれ、何を返事したか全然覚えていない。

翌日、いよいよ待望の第一線部隊に向けそれぞれ軍用トラックに分乗して配属部隊を目指した。そしてよく晴れた中支の夏の空を眺めて、「遠くに来たものだ、当然ながら日本の空と変わらないなー」と印象深く眺めた。今なおその中支の青空を見た感覚が鮮明に残っている。

中間地点で1泊したが、約一個小隊が周囲に陣地を固め歩哨を立てている。宿舎で「もう第一線だなー」と感じながら入った。そして夕食までくつろいで兵装を解き、荷物の整理をした。兵器、特に拳銃は初めて与えられ、取扱い法、射撃法は習ったが実弾射撃はしていなかったので、心配でもあり力強い感じも持っていた。

松本君が拳銃の手入れを始めた時、六十五連隊配属の6人が円形に座り雑談をしながらそれぞれやりたいことをしていた。その時〝ダーン〟と銃声一発起こり、皆びっくりして見回していると、すぐ近くの守備隊長室から「どうした長田見習士官、大丈夫か？」と隊長が入ってきた。それまでに全員何事が起きたのかを理解していた。松本君が拳銃の手入れ中に暴発したのだ。その弾丸は笠原君の頭上50センチ位の板壁に命中した。弾痕が丸く開いていた。隊長も部屋に入ったとたんに分かったらしいが黙っていた。全員凍ったような、ぎこちない沈黙の数秒後に笠原君が言った。「人間一度死に損なうとかえって死なないそうだから、俺は気にせんぞ」。松本君が、「すまない」と頭を下げた。それで緊張はほぐれ、隊長はつかつかと弾痕の前に立ち、「危なかったなあー」と言った。皆で彼の幸運を喜び合った。だが皮肉なことに、この2ヶ月足らずの内に敵の総反攻で十重二十重に包囲された中、中隊長の命を受け連絡を切られた連隊本部に重要事項を報告するため笠原君は部下10名を連れて夜間に敵中を潜行突破を図った。だが、何分敵の包囲は深く広く、中隊を出てから1~2キロメートル先で発見され銃撃を受けた。敵は増えるばかりで負傷兵も出たので笠原君は2名ばかり選抜し、「中隊長に、笠原は敵中突破し連隊本部を目指しますと報告してくれ」と言った。部下は「隊長殿も一緒に帰りましょう」と言ったが、笠原君は「いや僕たちはあくまで任務を果たす」と言って聞かなかった。負傷兵と護衛は何とか敵に見つからず中隊に帰ったが、途中後方で激しい銃撃の音と「突撃」の声が聞こえたようだった、とのことだった。敵が退却した後に笠原君以下全員の戦死体を発見した。初陣でもう少尉任官は発令されているのに、それも知らず勇敢に戦って死んだ彼は恐らく全同期生最初の戦死であり、誠に残念だった。敵撤退後、笠原君の戦死の状況を聞きに行った私に、笠原少尉の命を受け負傷兵を連れ帰った兵隊さんは悲しそうで、話をしている時涙を浮かべているようだった。

いずれにしても赴任途中だ。翌日師団司令部のある宜昌に着いた。現在宜昌の上流で揚子江をせき止めダムを造ろうという大工事が中共政府によって進められている。私たちは全員そろって師団長に着任申告をし、例によって歓迎の宴が開かれた。非常に高級そうなフランス料理が出されたが、我々は陸士時代と同じく、どの料理にもソースや醤油をかけて食べていると、師団長が「わしの料理長の料理はそんなにソースをかけなくても味は良いはずだ」と言われたので皆黙って食べた。私は師団長の前ではソースをかけないで食べたが、どうにも薄味で旨《うま》いとは思わなかった。後で聞くと師団長は内山中将で、長くフランスの駐在武官であった由。「道理で」と思った。

それから各連隊に分かれて出発した。私たち6名もトラックに乗り約1時間で竜泉舗に着いた。第六十五連隊本部である。揚子江左岸の小さな村落にあった。立花連隊長に申告し翌日から見習士官教育が始まった。それは現地の中国軍に対する戦闘法、また中国人に対する応対で、連隊（白虎部隊）の歴史といっても新設連隊なので徐州一番乗りが主で、火野葦平の『麦と兵隊』の中の歌の一節「徐州　徐州と人馬は進む」の主役だったが、その頃の将校も兵隊さんもほとんど残っていなかった。特に印象に残ったのは木村軍医大尉の性病予防の話で、その時点から約2年前、士官学校で数年先輩の方が連隊旗手の時、作戦中〝性病〟を発病し「軍旗を汚した」と自殺されたとの話は何とも身につまされ、ちょっと怖くなった。私は少尉に任官すれば連隊旗手に任命されるだろうと予想していたからだ。

いずれにしても戦地第一歩の教育も終わり、私は第二中隊第三小隊長を命ぜられ鳳凰観陣地に赴任した。中隊長は高橋大尉四十九期、第一小隊長西沢中尉五十四期で、連隊で最も精鋭中隊と自他共に認める中隊であり、陣地も立派で周囲の山は塹壕を掘り、特に主陣地の鳳凰観は重機関銃を中心にトーチカ風にして、前方には二重の鉄条網を巡らした堅固なものだった。

もちろん西沢中尉の守備であり、私に割り当てられたのはその反対側の陣地である。三方は急斜面で絶壁といってよい位で約40メートル位あり、登ろうとしても上から縄でも垂らして貰ってもどうかなと思うような天然の要塞で、ただ1本中隊本部への道があるが、その下も完全包囲に備えて塹壕を掘り鉄条網を回していた。

時は昭和16年9月10日、私は初めて小隊長として指揮下に入った。

20名の部下はもちろん百戦錬磨の兵隊さんが多かったが、一生懸命に名前を覚え、陣地と皆の分担をはっきりさせながら、敵が来ても大丈夫だと思え

第二中隊第三小隊長として鳳凰山に配属された頃

るようになった時、突如敵の大反攻が始まった。まず鳳凰観陣地で腹に響くような重機の連続発射音が始まり、それに小銃音、手榴弾爆裂音と敵の喊《かん》声がたちまち一大騒音と化した。そして砲撃も始まり私の陣地にも着弾するようになった。そこでそっと塹壕から頭を出して正面に敵がいるか見てみると、谷を隔てた山の上に敵兵がうろうろしているが、とても攻撃してくるような様子はない。しかし警戒を要するので三方に歩哨を立て、交代で休んで待機させた。

そんな生活が2週間も続くとは夢にも思わなかった。夕方伝令が来て、「中隊長殿がお呼びです。すぐ鳳凰観陣地にお集まりください」と言うので、塹壕伝いに行ってみると重機の前の斜面は敵の死体で空き地もない位であったが、中隊長殿は「敵の反攻は大規模、大兵力によるもので恐らく強力で長期になるであろう。諸君は敵の包囲の下で各自が全力を尽くして貰いたい。敵は完全包囲をして、少しでも油断すれば隙《すき》を見いだして侵入してくるであろうから、各小隊、分隊ごとに交代で勤務、睡眠、食事等をとり、決して敵に隙を見せないように」と敵の突撃死体累々たる前での命令、訓示は特に赴任したばかりの私には身にしみた。〝常在戦場〟と内地で流行語になっているようだったが、実際戦場で敵の包囲下で生活することは、一人の油断が全中隊の損害につながることを痛感させる。だからといって、指揮官として一晩徹夜して敵襲に備えれば翌日は疲労でふらふらになる。そこでもう、公平で十分な睡眠と食事を交代でとり万全を期す外はない。連隊本部、各隊中隊と連絡も断たれ孤立状態だが、中隊長殿の周到な準備で約1ヶ月分の弾薬、食料は準備してあるので安心して守備に専念できる。

その後敵は主陣地鳳凰観に昼夜を分かたぬ猛攻を加え、第二中隊第一小隊もあくまで抗戦、離れて見れば特に夜間は砲弾、手榴弾、機関銃の発射音と花火のような光と音の重なりと人間の喊声と怒号が混ざり、生まれて初めての戦場の騒音は毎日続いた。塹壕の内の生活、少し首を長く出して敵状を見ると待っていたような敵の狙撃、谷を隔てた200〜300メートルの山上から撃ってくる。敵もとっくに濠を掘っている。こうして濠内生活も1週間たったころ、ついに第三小隊前の敵陣に動きが生じた。人員が増強され機関銃を設置したようだ。早速伝令をやって中隊長殿に報告させる。中隊長殿は部下1人を連れて私たちの陣地に来られ、しばらく双眼鏡で敵状を視察し私の報告を聞いて、「今日の薄暮（夕方）か、深夜攻撃をかけてくるだろう」

と言って中隊本部の予備隊から約10名増援を送って私の配下につけてくださった。これは有り難かった。

さて、いよいよ日没と共に敵陣の動きが強まり、ついに散開して山を下り始めた。そして梯子状のものを3～4本、4～5人で持って下りてくる。私はもちろん部下と増援を陣地につけ発射準備をさせていた。軽機1丁と小銃30丁が「撃て」という私の号令で一斉に射撃を始めた。まだ明るいので命中したかどうかも分かるし梯子を投げ出して隠れる者もいた。ほとんど敵が物陰に隠れたので、小さい声で「射撃止め」「弾薬を大切に」と言った。

秋の夜はたちまち闇が強くなって、敵の姿はだんだん見えにくくなった。「交代で食事、恐らく敵は闇に乗じて梯子で断崖を登り隠密に鉄条網を切り突撃してくると思うので、鋏の音や多くの人の気配を感じたら手投照明弾を投げ、敵影を認めたら射撃をしてよろしい。寝ている者もすぐ戦列に参加するように」。いよいよ永年の訓練を実戦で試す時機であり一瞬の油断が生死にかかわる。私は夕食を急いで済ますと陣地を回って部下を激励し、また敵の情勢を偵察し判断した。あいにく月はない、星光だけだ。だが陣地の下に何か気配を感ずる。抑えた声か物音らしいものが聞こえるようだが敵も必死で静粛に行動しているのだろう。私は敵の主攻撃の場所を知りたいと思ったが、現在のところ無理だった。また攻撃開始は早くとも午前0時は過ぎるだろう。梯子で断崖を登り鉄条網を隠密に切るのは時間を要すると思ったからだが、この時計を見ながらの待ち時間は早くにも、また遅くにも感じた。〝ドカン!〟といきなり陣前で手榴弾が破裂すると共に照明弾が頭上に上がり明るくなった。敵は鉄条網に数人ずつ固まり、切り始めていたのだった。私も近くにいたので急いでその場所に行き、「撃て」と命令した。もう準備をしていた軽機と小銃がたちまち一斉に射撃を開始した。少し遅れて敵も応射してきた。照明弾はたちまち消えた。敵は崖下に下ったようだが敵射撃は激しさを加え手榴弾も投げてくる。「強行突撃か」と思うが、「いや鉄条網はまだ半分は切られてないはずだ。このまま射撃を続ければ特に軽機の弾丸はもたない」と少し迷い、小声で「射撃やめ、伝言せよ」と命じた。小声と手振りで次第に味方の射撃はやみ、敵の銃声のみが響いた。敵は多いのだから正面はこのまま牽制して後方または中隊本部への連絡路を狙う可能性も強いのだ。狭い塹壕を度々見回り、もちろん横も後ろも連絡路に歩哨をおき、特に中隊への掩蔽壕《えんぺいごう》（鉄板等の屋根をし上に土をかぶせ砲弾、手榴弾を防ぎその下で食事、睡眠等をして交代要員の休憩所としている所）に中隊からの増援10名を待機させ1名ずつ宛歩哨を立たせ、敵への監視と中隊との連絡を心がけさせた。ふと時計を見るともう〝午前4時〟近い。今夜は全員徹夜だ。特に夜明け直前の暁攻撃は危険だ。敵の射撃も手榴弾も次第にやんだ。私は部下の軍曹1人を連れて塹壕を回り、一緒に敵状を見て「朝まで油断するな。夜明け前には必ず攻めてくるぞ」と言った。激励したと言うよりは頼んだに近かった。何しろ部下たちは百戦錬磨の兵隊さんばかりだ。新任の見習士官の小隊長では心細かろうと思った。と同時に予科の後区隊長の任地決定にも感謝した。

何しろ東北の兵隊さんは純朴でしかも忍耐強い。まだ若造の新米の小隊長をしっかり守り、命令には絶対に服従してくれた。私にとって初陣の本当の戦いだった。空の少し明るくなったころ、突然正面陣地の前から一斉に猛烈な一斉射をかけてきた。しかも機関銃の音も加わっている。もちろんこちらも射撃をもって応じた。次第に明るくなってきて眼をこらすと、鉄条網の中に寝て切っている黒い姿を認めた。しかも数ヶ所で少しずつ進んでくる。「鉄条網内5ヶ所敵兵が切りつつ進んでくる。小銃はその敵を狙撃せよ。軽機は万一突破して突撃する敵を掃射」と命令。ともすれば敵の伏した低い姿を狙撃しようと身体を乗り出す兵隊さんに、肩をたたいて低い姿勢で撃つよう指導した。その時後方陣地で喚声と射撃音が始まった。「優勢な敵は完全包囲を狙ってきたな」と思ったが、前面の敵を放置できない。明るくなってくるとついに一ヶ所、さすがに立ったり座ったりはしておれないため匍匐《ほふく》で1人ずつ鉄条網の下をくぐって出てくる。もちろんもう明るいので味方の狙撃はことごとく命中する。敵は死体の後ろに隠れ、次第に後退を始めた。後方陣地の銃声と時に手榴弾破裂音もますます激しくなるので、先任軍曹（第一分隊長）に「後を頼む。後方陣地が心配だ。鉄条網の中に1人も入れるな」と言って急いで壕を回って後方陣地に行ってみた。想像していた通り大友伍長を長とした中隊からの増援隊も全員武装して後方陣地の私の部下の間に自主的に配備していた。そして鉄条網の前方20メートル位の所の小高い丘のような土地に、敵は横に散開して時々射撃している。双眼鏡で見ると朝もやも晴れた敵陣地は文字通り十重八重に深い包囲網を形成し、とても人数は数え切れない。

「敵は主攻をこちらに移したか」と思う間もなく敵の射撃は強くなってきた。どうも双眼鏡のガラス面が反射したらしい。少し頭を下げ「撃て」と命じた。

双眼鏡を上に出し射撃の効果をみる。確かに命中したなと思ってもすぐ交代するし、どうも敵は夜の内に個人壕を掘ったらしい。しかし当方の方が上から狙い撃ちをするので有利だ。「奇数番、手榴弾の用意、投げよ」と一斉に投げさせたが、これは有効だった。何人か動かなくなり後方に退く者もいるようだ。しかし敵は多い。後方から次々と前進してくる。「偶数番、少し後ろを狙え。投げっ」と叫んだ。双眼鏡で今度は立っている敵、座っている敵が何人も倒れるのが見え、敵は動揺し始めた。「続けて撃て、撃て」と命令すると敵は立ち上がって逃げ始めた。数分たつともう有効距離外とみて「撃方やめ」と命令し様子をみた。敵は層が厚い。恐らく交代してまた攻撃してくるだろうが、2~3時間はかかるだろう。「第一班は掩蔽壕で朝食、そして少しでも眠れ、敵は今晩も眠らせんだろうから少しでも休め」そして側方拠点陣地に同様に命令してから前方主陣地に帰り、私も急いで朝食を食べた。小隊長として初めての当番兵をつけていただいていた。昨夜の敵襲に彼も応戦に出ていた。朝食は乾パンとみそ汁と漬物だけだが非常においしく感じた。第一分隊大谷軍曹が数名の部下を連れて掩蔽壕に入ってきて、少し天井が低いので腰を下げた姿勢で敬礼し「ただ今交代食事に参りました。敵状変化ありません」と報告した。小隊最古参の軍曹で、私が万一の場合は小隊長代理となるべき歴戦の勇士だ。私は「ご苦労さん、当分まとめては寝られないから早く飯を食って眠りなさい」と言うと、「小隊長殿が少し休まないと」と言ってくれたので「有り難う。敵の様子を見て眠るつもりだ」と返事をしてそこを離れた。壕内を回りつつ敵の主攻は正面か後方陣地かと考え、私は中隊への連絡路の部分が弱点になり得ると判断した。壕を深くし鉄条網も1列増加して二重とし、中隊より増援隊と共に来た軽機の掩蔽壕に、銃口を正面と側面を掃射し得るように作ったり、当面考えられる限り、といっても敵を目前にしているし、味方の人員も資材も限界があるので応急処置しかできないが、何しろ部下全員と私の命もかかっているので真剣に考え、分隊長たちの意見と経験に基づく対策を求めてできる限りのことをした。

さて、いよいよ敵の総攻撃は何時かと判断を迫られた。昨夜の夜襲は失敗といえるが、敵は圧倒的な兵力である。「恐らく今度は明るい時間に堂々と攻めてくるだろう」と判断はしたが、万一ということもあるので夜間当直を増やして私も2〜3時間断続的に眠ったが、とても熟睡とはいかない。

かくていよいよ暁の光が少しずつ明るくなった時、突如全山、すなわち我が小隊陣地は前面と後背部、また中隊主陣地の前面も、猛烈な銃火と手榴弾、それに砲火も加わり、もう顔も出せない。といって壕に潜っていても敵の接近状況は刻々と変わるので、時々位置を変えて短時間鉄兜の頭を出して敵状を見る。まだ敵の突撃はなさそうだ。しかし鉄条網の外の敵の様子がおかしい。もう一度頭を出してよく見ると、折から出てきた朝日の光に〝キラッ〟と光るものが見えた。「機関銃手、狙撃手、鉄条網のすぐ外の敵を狙って撃て」の命令と共に小銃音が響く中を〝ダダッ〟と機関銃の腹にこたえるような重厚な連続音が続いた。鉄条網の前の一帯は土煙でよく見えない。敵の銃砲火も一段と激しくなった。どうも主攻が表か後方陣地か分からない。といって小隊長として狭い塹壕内をうろうろすれば兵隊さんたちに不安を与える。指揮官の心得第一条「いかなる時も冷静沈着、率先敵に当たるべし」と区隊長の言葉を思い出し、「落ちつけ、慌てるな」と自分を戒めじっと敵状を見つめ考えた。

新米の将校ながら、14才からプロとして戦闘については毎日のように鍛えられている。じっと見つめる敵状は優勢だが何か浮き足だっているような気がする。「そうだ、敵は総攻撃の後撤退するのでは」と感じたが、半分は直感なので言うべきではないと自分を抑え、なお敵状を観察した。ちょうど11時ごろ、初めて高橋中隊長殿が新壕伝いに観察に来られた。「よくやった。もう少しだ、頑張れ」とのお言葉だった。私もつられて部下に聞こえぬよう小声で「中隊長殿、敵が浮き足だっているようですが？」と思い切って聞いてみた。「うーむ、戦地に来て1ヶ月でそれが分かるとは。しかし敵は退却前に大攻勢をかけてくるぞ」「はい」と、百戦錬磨の中隊長殿のお返事に自信と戦闘の必勝の信念の大切さを教えられた。……戦場の時間は非常に長くも短くも感じられる。極端な場合で敵に身をさらして命令などしている時など「あっ、狙撃される」と感じて身を隠すのは一瞬。

これは1年半後の話になるが、私の第一中隊長時代の忘れられない思い出がある。

《……「第一中隊長前へ」の伝令の言葉に私は部下の伝令と当番兵を連れて尖兵中隊を追い越し先頭に出た。伝令が待っていて「中隊長殿、その丘の上で大隊長殿が待っておられます」と言うので、高くも急でもない草の中を登って行くと、大隊長がしきりに双眼鏡で敵状を見ておられる。左後方に近づき「第一中隊長参りました」と報告すると、「よしそこで待て」と言われて大隊長殿も立っておられるので私も立ったまま双眼鏡を出し、敵を見た。谷を隔てた山の中腹とその上と下に三段の陣地を造っている。一番近い所で1000メートル近い。敵は相当準備をしているようだ。私の左に機関銃中隊長が来られた。陸士で三期先輩だ。私は席を譲ろうと1、2歩左に寄った。その時右下のこんもりした森中の一軒家から〝ダッダッダー〟という連射音が響いた。近い。「伏せろ！」と大隊長命令が切迫していた。丘の上から2～300メートルの所に敵のチェコ製の機関銃の発射音だ。「やられた」と大隊長の小さな声に右を見ると大隊長は大腿を押さえておられる。機関銃中隊長は腹を押さえている。私も反射的に伏し、無意識に身体を撫で回した。どこにも傷はない。大隊長の様子を見てすぐ「衛生兵、前へ。軍医殿も」と後方に向かって大声で叫んだ。敵はなおも撃ってくる。そっと首を上げて見て「しまった」と思った。何と300メートル下の森の中から撃っているではないか。
これは敵の秘密前進陣地だったのだ。不注意といっても後の祭りだ。チェコ機銃の弾道の幅は1~2メートルだろうか。私はその弾道の中間にいたのだ。
戦場の生死は間一髪といわれるが、もうこんな時の感想は天命という外はない。大隊長は大腿部貫通銃創で、機関銃中隊長は腹部貫通銃創で重傷を負い、2人共護送された。作戦後聞いたのだが、機関銃中隊長は護送中戦死、大隊長は内地に還送されたということである。》
さて、今は見習士官で小隊長として敵の重囲の中にいる。もう日付も何もない。敵の動き、特に攻勢には徹底抗戦のみだ。もう初陣以来1ヶ月たっただろうか。ただ当番兵の作ってくれる食事を大急ぎで食べて、敵状を見て重大な変化があれば対策を考え、必要と思えば中隊長に報告する。だがどうも最近2～3日の敵状がおかしい。右往左往するが当方の射距離までは進まない。何か戦意を感じられない。そして10月5日朝「寝過ごした！」と飛び起き敵を見ると〝いない〟。すぐ歩哨の所に行って「敵状はどうだ」と聞くと、「夜明け前はざわざわしていたようですが、明るくなったら見えません」とのこと。早速双眼鏡を出して近くから遠くへと何度も敵のいたと思われる所を見る。何もない。1人の敵兵もいない。「やったあー、敵は逃げたぞ！」と思わず声を出した。兵隊さんたちもいつの間にか皆起き出していて、だれとなく「万歳！」と叫び、皆で唱和した。東の方に太陽が姿を見せ、その雄大な日の出は一生忘れない。ついに敵の包囲は解かれ退却したのだ。

「皆有り難う。新米見習士官の下で1ヶ月完全包囲下で1人も損害なしに頑張ってくれて」と言うと、大谷軍曹が皆を代表する形で「いえ　小隊長こそ戦地に来られたばかりなのに不眠不休で指揮していただいて……」。私は思わず彼の手を握りしめた。文字通りの弾雨の下、約1ヶ月間の敵の完全包囲の中で、お互いに死力を尽くしての防御戦闘を共にした戦友とは、血縁より深いものがあるのだろう。

戦地でも私が少尉任官、連隊旗手兼幹部候補生教官を命ぜられ連隊本部付になると、中隊長にお願いして大谷軍曹を教練係下士官として連れて行って彼も本部付となった。そして7ヶ月後私は中尉に昇任し、いきなり第一中隊長に任ぜられた。

彼と別れて60年、大東京の伊勢丹デパートの玄関前で偶然目を合わせ、お互い何か感じるものがあって立ち止まり見つめ合った。そしてお互いを認めて、「隊長殿」「大谷君」と強く握手した。その後食堂に移り一別以来の話に2~3時間過ごした。大谷軍曹は私を一目して身体が震えたという。何か目に見えないものが通じたのであろう。

5章

少尉任官

―中支戦記―

いずれにしても敵の重包囲は解け、1ヶ月余りの重圧はなくなったのだ。本部と電話連絡も通じ「長田見習士官　10月1日附　少尉任官」の報もあり、早速少尉肩章につけ替えた。そして中隊長殿に申告に行った。「おめでとう、新任でよく頑張った。敵も逃げたし、将校だけで何もないがまずお祝いをしよう」夕方、准尉以上を中隊本部に集め、乾杯をしていただいた。食べ物といっても1ヶ月少しずつ大事に食べてきた在庫の残りで大した物はなかったが、何しろ眼前の敵は1人もいないし、幼年校以来第一の目標だった少尉任官である。あまり慣れない第一線小隊長の任務も専守防御で終わった。というのは翌日連隊本部からの命令で連隊長立花芳夫大佐は満州転任、新任連隊長は桜井徳太郎大佐（福岡出身、中支事変の和平交渉決裂により広安門上より4階下に飛び下りたことで有名）、そして本部は紫金峯に移動ということである。私は早速連隊旗手を命ぜられた。何と第六十五連隊の将校団と下士官兵（福島・新潟出身）を通じて福岡出身はただ2人、連隊長と旗手のみであった。従ってかわいがられたと同時によく使われ鍛えられた。

11月に入ると内地から補充兵がついた。各中隊に散ったが、その中に大卒、高専卒及び大学在学中の幹部候補生試験を通り来年4月に南京の幹部学校に入校予定であるが、それまで集合教育をさせよとの命である。たちまち幹部候補生の兼務を命ぜられ、30名位の教育を始めた。もちろん助教官がいるので、連隊長殿、高橋中隊長にお願いして、敵包囲下でずっと部下として補佐してくれた、能力も性格もよく分かっている大谷軍曹に本部付として手伝って貰った。

時は昭和16年11月、敵と距離は近い所では10メートル未満。眼前である。

私も初めての教官であり、張り切らざるを得ない。そして12月8日大東亜戦争が始まった。ハワイ空襲に始まりマレー沖海戦、比島（フィリピン諸島）攻略、マレー半島、シンガポール攻略等華々しい諸戦のニュースは、ラジオそして本部の外に師団司令部その他より情報も入り、1週間遅れ位で内地の新聞もまとめて送ってきたので、日曜など仕事のない日にまとめて読んだ。そして南方方面の同期生の活躍も知り少しはうらやましい気もしたが、中支も戦地であり、日本歴史始まって以来の大進攻である。陸士卒業時ソ連相手にシベリアで戦死と覚悟したのが米・英相手になり、戦域は広がるばかりで「どうなるかなー」と危惧もちょっとあった。南支軍は香港攻略、中支軍はその援護と援蒋ルートの攻撃を命ぜられ、初めて旗手として軍旗を直接捧持して作戦に参加した。

当時、旗護兵として6名の兵と旗護長下士官1名で前後を守られ安心ではあったが、立花連隊長は勇猛な方で、少佐時代には戸山学校（将校・下士官の剣道、柔道、体操等の全国的な陸軍学校）の教官を何年かされたとの話だけに、剣道6段、柔道3段の堂々たる体格で、機会をとらえると軍旗突撃をさ

桜井連隊長の着任式

れた。これには参ったが軍旗は連隊長の進む所続くべきである。軍旗の重さは10キログラム以上ある。それに旗袋（行軍中その他安置の時などにかぶせてある）を除くと旗は広がり、風が少し強いとあおられて広がるので、それを捧《ささ》げての突撃はもう必死だった。旗護兵には「俺が倒れても軍旗は地面に倒すな。特に俺が銃弾や砲弾にやられても、俺に構わず軍旗を守っていけ」と言って連隊長に従って新米旗手も走った。幸い私が軍旗を倒されることはなかった。

作戦後は紫金峯に帰り幹部候補生教育に専念した。幸い中支の冬は日本と余り変わらず、天気の良い時は教練体操・剣術等、雨や雪の時は講義をした。

連隊長は突撃好きであると共に宴会好きであった。例えば、何かと理由をつけて作戦開始前後に将校を全部集めて酒を飲み、そして上半身裸となって両耳、鼻穴、口、へそ穴に6本煙草を差し込み〝南洋じゃ美人〟を踊られた。

そんな時、すなわち宴たけなわになると必ず「長田少尉」と呼ばれ、私が煙草の火をつけ軽く吸って耳から差し込んでいった。当方はやっと20才になったばかり、酒は飲みなれないし煙草《たばこ》は吸ったこともない。当然煙をちょっと吸うとむせたりするのに連隊長は笑って「早く」と言われる。しかし踊りは独創的でおもしろかった。後で考えれば部下の心を一つにまとめて戦いに勝つための指揮操縦の策の一つだったのかと思う。

そして私も「もし中隊長になったら」のメモを書き始めた。〝連隊旗手は少尉だけ〟の内規だし、中尉に進級し、いずれ中隊長となる。何でも思いついたこと、気のついたこと、特に先輩中隊長の言動に学ぶこと、してはならないこと、したくないことを何でも書き留めた。それも2~3ヶ月でノート1冊になった。

6章

中尉任官　第一中隊長

——中支戦記——

7月初め思いもかけぬことが起こった。ある朝連隊本部に出勤すると「長田少尉殿」と通信係下士官が飛んできた。手に紙を持っている。私に差し出したので貰って見ると「任　陸軍中尉　長田志郎」となっていた。「早過ぎる」と思った。まだ少尉になって9ヶ月余り、戦地に来て1年足らずだ。いずれにしても小隊長として第二中隊に帰るか、他中隊に配属されるのではないか、と思いつつ連隊長室に入り、「長田少尉、中尉に任ぜられました」と申告した。連隊長は「よしおめでとう。ちょっと早いな、いずれにしても2~3日本部で待て。後命する」とおっしゃった。その時思い出した。第二中隊の中隊長高橋大尉殿は4月少佐に進級し、〝第三大隊長〟に代わって鳳凰観で奮戦された西沢中尉殿が中隊長になられていた。私の1年先輩だ。翌日連隊長に呼び出され、「第一中隊長を命ず」と正式に命令された。新品中尉でいきなり中隊長だ。私は知らなかったが一昨日私の前任中隊長が敵の攻撃を受け、これを破り、ついに追撃した時戦死された由。しかし私より早く中尉となられた先任中尉もおられると聞いた。

いずれにせよ、これは命令だ。もし連隊長に「ひいきだ」と言われても〝ひいきのひき倒れ〟にならない方が大切だ。

私は早速赴任した。連隊本部から10キロメートル位の揚子江岸〝赤壁〟の街だ。三国志で名高い孔明が曹操と呉の水軍を破った所だ。外岸に敵の歩哨も見える。何しろ遠く2000メートルはあるだろう。渡河作戦の時は「大変だなあー」と思った。

世界の1、2を争う大河、揚子江を初めて眺めた。そしてその晩ゆっくりと2~3年気のついた時に書いたメモ帳を読み返し、中隊の方針・教育訓練指導等を心に銘記し、朝礼にのぞんだ。何しろ敵と対峙する最前線だ。集まった部下に「軍旗と先輩に恥じない中隊になろう」とだけ言った。

それから2ヶ月あまり各小隊長を集めて指導・懇談・部下全員の訓練を暑熱の中で続け、私の希望と戦闘要領等を実地で教えた。何しろ敵前のことであり将来の全員の生命がかかっているのだ。皆汗を流し真剣にやってくれた。

昭和17年初秋、私にとって戦地に赴任して初めての攻撃作戦であり、中隊長としての力を問われる戦いでもあった。出撃前私は中隊全員の左上肘に〝神兵〟と私が書いた小さな腕章をつけさせた。他中隊から羨望とからかいを込めて〝神兵中隊〟と呼ばれた。神がかっているとは思ったが、戦闘のあらゆる面で心の支柱になればと思ったのだ。

工兵隊の上陸艇で大江（現地ではそう呼ぶ）を渡り、まず北上した一面の田では稲が実りつつある。航空写真の地図は渡されている。作戦の概要は知らされてはいるが現地になると広い。山は北側遠くに〝三峡の嶮〟を作っている。3000メートル級の山々が連なっているが、歩いている所は田と沼と大小の湖である。

当時尖兵を命ぜられ連隊の先頭を前進していたのだが、いつの間にか私の中隊は孤立し、前後左右を見渡しても中隊以外にだれもいない。ちょうど田の真ん中の畦道だったが、もう夕方になりつつあったので、四方に偵察隊を出して味方との連絡・敵状を確かめさせた。ちょうど少し雨が降り出した。いよいよ暗くなってきた。双眼鏡で見渡したが、湖北の大平原に家は一軒も見当たらない。皆疲れて田の畦に座っている。

もちろん歩哨は四方に立たせているが、偵察隊はまだ帰らない。停止した時は夕食といっても乾パンと水だけで済ましている。

私は決心した。「本日はここで宿営する。中隊本部の目標になるよう〝たき火〟をせよ」と命令した。雨はだんだん強くなった。稲の中に入ってみた。もう水がたまりつつある。これでは畦道《あぜ》（人一人やっと通れる）に眠る外はない。雨具を出し、将校用マントを頭からかぶり、畦道の少し水の少ない濡《ぬ》れた所に寝た。やはり緊張と疲労で冷たいながらも、初秋なので寒くはない。

2、3時間は眠った。

ふと水音がしたので目をさました。畦道は兵隊さんが隙間なく寝ているので、田の中を偵察隊がじゃぶじゃぶと音をさせながら帰ってきている。やはり中隊本部の火を目標にしたという。

敵は北方2キロメートル位の山の麓《ふもと》の上にずっと陣地を築いて待っている様子とのこと。後方連絡の斥候《せっこう》も帰ってきた。大隊は渡河に遅れ、約4キロメートル後方で宿営しているらしい。私は聞いていて「しまった」と思った。尖兵を命ぜられ張り切って進んだのはいいが、「次からは宿営と食事は何軒かの家のある所を探そう」と決心した。それからは中隊先任曹長と相談し、夕方になると村落を探して食料も何とか確保するよう努力した。

中支は広く何千年も前から稲作の中心として開けていた。さすがに住民は皆食料を隠し、大事な物を持って逃げており何もないようだ。しかし兵隊さんも慣れたもので、結構食料を探し出して持ってきた。富裕な村に出会えば鶏や豚が逃げ回っている。私も慣れて、当番兵に「鶏の股肉《もも》を一つ頼むよ」と言っていた。中隊は小隊ごとに宿営して携行乾パンにうんざりし、残りもだんだん少なくなっているので、たちまち現地の米、肉、野菜と豪勢な食事に舌つづみをうった。作戦が長びけば後方からの補給は第一線ではまず期待できない。つい現地で糧を得るようになる（人様のものをただでいただくのはまったく神兵らしくない行為だが、料金を払うにも相手はとっくに逃げていて、いないのだ）。

将校背嚢《はいのう》は小学校のランドセルを平たくしたようなもので、作戦前与えられる乾パンと煙草を10箱ばかり入れた。甚だ軽くて運動に便利だ。

敵地に入り兵隊さんが鶏を追っているのを見かけると「大腿部を1本頼む」と声をかけたり、少し遠い時は当番兵に頼みに行かせ、持ってきてくれるとお礼に煙草を1箱やった。私は煙草は吸えなかったが軽いし、人にあげれば喜ばれる。煙草好きの兵隊は背嚢に吸わない人の分を貰って持ってきてはいるが、1ヶ月近くなると木の葉や草を干して紙に巻いて吸うようになる。そんな時、背嚢を逆さにして「煙草の欲しい者集合」と部下を集めて全員に2、3本ずつ配給した。皆すごく喜んで感謝した。私にとっては一挙両得であった。部下への慰労と、私の背嚢が軽くなるということだ。

中隊長という任務は実に重要で、部下の兵・下士官それに小隊長の将校を直接指揮し生死の中に共に入る。

中秋、山麓部を前進している時、先頭を行っていた下士官が飛んできた。「敵です。真っすぐにこちらに来ます」と言う。まず「散れ」と命じて山腹に伏せさせ、小さな山に登って敵状を見ようと匍匐して前進し灌木の間からそっとのぞいた。山の向こう斜面は敵が相当数やはり匍匐している。

「何と予期せぬ遭遇戦だ。先に山頂を取った方が勝ちだな」と思いつつ灌木を越えて前進を始めた時〝シュー〟と音を立てて山頂を越え火を吹きながら飛んでくるのは敵の手榴弾ではないか。「よけろ」と押さえた声で命令した。

何とその手榴弾（木製の投擲《てき》用柄がついている）がコロコロと転がって、私の手前1メートルで止まって火を吹いている。「やられる！」と思った時はもう無我夢中でその柄に飛びつき、うまく柄に手が届いたので必死で山の敵側に投げ返した。爆発は味方の中ではなく、敵側に落ちると同時に〝ドカン〟と大きな音がした。「突撃」と私は軍刀を抜くと先頭を倒《こ》けつ転《まろ》びつつ山頂を目指して行った。敵はもう逃げつつあった。「わあー」と喚声を上げつつ、部下も登ってきた。私は冷や汗か本当の汗だったかを、左手で拭《ふ》きつつ敵の後方を見た。多い。一個大隊以上だ。「止まれ。山頂で敵に対して撃て。機関銃はその丘の根元に置いて撃て！」と命令した。たちまち射撃の音が小山を満たした。敵も逃げながら時々撃ち返してくる。大勢は決した。私の横から重々しいがしかし軽快な機関銃の音が響いた。たちまち敵兵の列が倒れ、ばらばらになって走り始めた。私にとって中隊長として初陣とも言うべき、120名の部下を指揮し先頭に立ち戦った印象の深い戦いだった。火を吹く敵の手榴弾を持った時は一瞬の間にすべてが決する。60年たった今でも思い出すとぞっと背中が寒くなる気持ちだ。

この話はたちまちの内に中隊全体にそして大隊へ連隊へと広がり、段々尾ひれがつき連隊神話の一つとなったようだ。若干21才陸士卒業後1年、恩賜の銀時計の拝授者とはいえ、この無鉄砲ともいえる捨て身の勇敢さは、若い兵は感嘆と敬慕の目を持って私を見るようだし、百戦錬磨の古参兵も感服して服従してくれるようになった。

中支は本当に広い。大揚子江とその支流の作る広大な田または湿地、大小の湖沼、その間を何日も露営しながら前進した。ちょうど夕方部落があると皆大喜びである。

まず家で寝れる。そして食料がある。先にも書いたように、特に鶏の放し飼いは大抵の部落にある。もちろん中国人はとっくに逃げていて、初めは食料代を払おうと住人を捜させたが無駄だった。それで当番兵に例のごとく鶏の股肉を頼み、大隊本部に報告と命令受領に行った。夜暗くなって部落に着き、取りあえず夕食を済ませて交代警備させて寝た。翌朝家の前の池に中国兵の死体が浮いているのを見て、昨夜煮沸したとはいえその水を飲み、料理したのを食べたと思うと吐きたい気持ちだったが、それも長い戦場生活で慣れてしまった。

それはもう秋も終わりに近いころ、確か江南作戦だったと思うのだが、私の中隊は連隊ばかりでなく旅団・師団の尖兵中隊として先頭を進んでいる時だった。突如前方の小山の上から小銃や軽機が、陣地を構えて撃ってくる。「すわ、待ち伏せだ。散れ」と命令すると、すぐ先頭に進んで敵状を確かめた。そう多くはない。「前進」と命令して敵を目指して進んだ。

敵は我々を無視しているのか気がつかないのか、我々の頭越しに連隊本部師団を狙って撃っているのか、ちょっと振り向くと延々と続く縦隊が散りつつある。これは尖兵として「早く敵を排除せねばならぬ」と判断して立ち上がって敵状を見た。急な坂の上に敵は乗り出すようにして撃っている。「第一小隊は右、第二小隊は左より突撃！」の命令を出すと「わあー」という喚声と共に第一中隊は急な斜面を必死に登った。敵は逃げない。「もう白兵戦だ」と覚悟して軍刀を右手にかざして敵陣地に飛び込んだ。敵はなおも撃とうとしていたが、突然眼前に白刃または剣先鋭い小銃（着剣済み）を突き出されて、銃も機関銃も投げて必死に逃げ去った。深追いすることもない。「第一小隊、突撃成功」と怒鳴って伝令を出した。ところが突然眼前に2～3発砲弾が落ちた。と思う間にも陣地一帯に砲弾が落ちる。どうも味方の師団砲兵の誤射だ。ちょうど夕闇が迫りつつあるので中隊の突撃成功が分からなかったのだ。「壕に入れ」と命じて、ちょっと考えた。「このままでは我が中隊は味方から撃たれて損害が出る。よし、占領を知らせるには軍歌だ、連隊歌だ」と考え「皆聞け。軍歌で占領を味方に知らせる。大声で歌え。連隊歌始め1、2、3」皆必死で怒鳴るような大声で歌い始めた。何しろ自分の命が懸かっているのだ。全員軍歌に没入した。もう砲弾も銃弾音もない。無我の境地で歌った。……いつか砲撃はやんでいた。中隊全員の歌声は連隊から師団へと響いた。全軍黙って耳をすました。

師団本部に従軍記者がいた。「夕闇に響く軍歌一番乗り、白虎部隊第一中隊長　長田志郎中尉（陸士恩賜　門司市出身）」と大きく新聞に載ったらしい。父が読み、切り抜いて大切にしていたのを貰って、旧部下にコピーを送ったり中隊会で思い出話をした。

《なお、この話にはまだ後日談がある。戦地から昭和19年1月陸士区隊長を命ぜられ、内地に帰り六十期生の教育を務めた。ある日、中隊長と二人きりの折、「君はついているな。戦地での勲功に『殊勲甲』を与えられた。いずれ金鵄勲章が与えられよう」と言われた。

更に戦後の昭和30年頃、市役所に呼び出され金杯と『勲6等記』をい

月明下流れる軍歌

盧家尖山壮絶の夜襲戦

【湖南戦線前線にて平石、山根両特派員五日発】雲上峨々として峻険を競ふ盧家尖山の岳巓に強固な陣地を構築してわが神速なる進撃を阻まんとする敵第七十四軍の抵抗は正に死物狂ひであつた、二日夜すでに山凹の地は深く肌寒い秋夜も夜露にしつとりと濡れて厳しい季節の冷気を感じさせる、前面左右の幾つかの山からは敵の重機が文字通り火を吐きつゞけてゐた、わが白虎隊の先鋒はこの敵に対し決死の夜襲突撃を敢行せんとするが、名にし負ふ天下の険である

本部は足留りに敵のゐる左の山の稜部を目指して決死の前進をはじめたのである、一時間、二時間と時間が経つたのであるが夜のしかもかうした状況下の行進は歯がゆいほどはかどらぬ、しばらくして目指す稜部に取つくことが出来た、あゝしかし折からの月明に辺りは蒼白く照し出されキラ／＼と反射するのだ、発見されない筈はない、案の定前面左の山からはあの気狂ひじみた音響を持つチエツコ機銃が本部に向つて釣瓶射ちに集中された

急峻な山肌に露出する巨岩の上を部隊長以下各個躍進で山の凹部に駈け込んだがそこにも敵は迫撃砲弾の至近弾を射ち込んで来た「慌てるな、頑張れ、白虎魂でゆけ」と部隊の士気はあがつた「[illegible]だ」先鋒を行く宮川見習士官（福岡県出身）が敵の歩哨に誰何されたのであるが、それが終るか終らないかの間一髪「邪魔ツ」と一閃、續いて動物的な悲鳴が聞えるとその場で底知れぬ谷に転落していつた、宮川見習士官の手に日本刀がピカリと光つてゐた、附近に伏せてゐた敵が恐怖に逆上したやうな軽機の乱射を浴せて下方の部隊本部は前進もならず退くことはなほさらである、突破半ばにして遂に白兵にものをいはせる時が来たかに見えた、その時であつた、銃声に続いて山峡の闇をつんざいて左山頂より大声あり「左の山第一中隊が占領したツ」口には出さぬがわつと叫んだ以上の感動が湧くものの胸をゆすぶつた「前進だ」つかれたものゝやうに岩稜の上を踏[illegible]を立てゝ本部は前進して行つた、左山上から高らかな軍歌が流れて来る、白虎〇隊歌である

それからの戦闘は破竹々々であつた、かくてその夜の戦闘では暁までに敵に大打撃を与へて潰走せしめたのであるが、左山頂の敵を撃破して戦局の転回を有利に導いた武勲の第一中隊長永田志郎中尉（門司市[illegible]出身）は[illegible]十五期[illegible]の[illegible]二十三歳の青年将校である

昭和18年　中支　毎日新聞

ただいた。時代は変わったと思ったが有り難く受けた。》

さて、この作戦は長く続いた。もちろん第一線である。次第に後方からの補給は減って次第に食料は少なくなり、最後の食料として各自が背嚢に入れた乾パンもついに食べてしまった。しかし煙草喫《の》みは耐えられないだろう。草を古新聞で巻いてふかしている。私はずるいと言われればそれまでだが、小さな将校用背嚢に所定の乾パンと、まだ煙草は吸わなかったので配給の煙草をためたのを入れていた。これは今までの作戦から、隊長たる者一番に走り敵状を見、味方の状態を見て命令のために先頭に立ち、または兵隊さんを止めて休ませて走り回らねばならないことが多い。軽い点では煙草が第一だ。今度は喫煙者全員に分けてやった。非常に喜んでいる。

空腹での行軍は苦しいものだ。しかし運に恵まれた。

ある夕、比較的大きな部落に宿泊を命ぜられた。一見無人で何もないようだった。しかし飢えた兵隊さんたちはほとんど東北の農家出身で、しかも中支に何年もいて慣れている。たちまち米、鶏、ついに豚までも集められた。野菜は家の裏にある。例によって私は鶏の股肉の料理を頼んで部落の巡視に出た。

途中倉庫らしき家があり入ろうとしたら南京錠がかかっている。ちょっと迷ったが部下の兵隊さんに「開けてみろ」と命じた。しばらく錠を調べて「壊していいですか」と言うから「構わん」と言った。母屋《おもや》の方に行き鍬《くわ》の大きいのを探し出して〝カーン！〟と錠を打った。2、3回で壊れ戸は開いた。何と〝みかん倉庫〟だった。みかんが山のようにある。一つ食べてみるとおいしい。

神兵中隊の名が泣くと思いつつ「各小分隊に希望なだけ分配」と同行の下士官に命じ、「僕はここで寝るからな」と言うと、下士官は笑って「みかんの中では冷えるでしょう」と言った。「敵地に糧を得る」は古来の名将たちの常道だが「みかんの食べ放題はどうもな」と言って倉庫の裏に回った。金を払うにもだれもいない。こちらは飢えているし仕方がない。とうとう冗談からみかんの山の上に寝るはめとなって、みかんをならし毛布を敷いて上に寝たが、これは何とも下がゴロゴロとしベッドみたいにはいかない。寝返りをうつと、みかんのつぶれる音と下から水が毛布にしみ込みそうで気持ち悪かったが、疲れているのでいつの間にか眠ってしまった。これは中隊長初陣の時、田の畦《あぜ》に寝て雨に降られ、眠り難い夜と共に、二度と来ないことを祈った夜だった。

さて、この作戦の終わりごろ山岳の攻撃を命ぜられ、どんどん高く登って行った。片方は断崖、一人がやっとの細い道が通じている。一歩誤れば命はない。皆緊張して一歩一歩登って行く。〝ヒヒーン〟という悲愴な鳴き声と共に馬が落ちた。振り向くとはるか下の渓流に落ちて動かない。全員「かわいそうに」と眼前の出来事に「絶対落ちんぞ」と決意した。1日がかりで揚子江が眼下に見える2000メートル級の山頂近くに出た。江上を下る汽船も小さく見える。ふと飛行機音を聞いた。下を上流から飛んでくる。「狙撃兵3名前へ」と命令した。何しろ天下に名だたる〝三峡の嶮〟だ。絶壁の連続といってよい。ここで並んで撃てるのは3名で一杯だ。位置につくと「あの飛行機を狙え」と指した。敵機は相当な大型機で長江の上をのんびりと飛んでいる。

「前を狙え。真下に来たら撃つぞ」「いいか！　撃て」と叫んだ。「続けて撃て」と3発ずつ3人が発射した。2発目で敵機に反応があった。急にスピードを上げて対岸上空へたちまち去って行った。

煙も上がらぬし命中の可能性はなかったかも知れない。だが戦史上にも例のない、飛行中の敵機を上から射撃するという一種の珍しい体験をしたと皆で笑い合った。下山は楽だった。登山道でも見つけたのだろう。秋の〝三峡の嶮〟の絶景を堪能しつつのんびり下りた。恐らく命令で来たのでなければ一生縁もなく来ることもなかったろう。

大きく考えてみれば一つの島国家日本が歴史始まって以来の大飛躍を試み、ついに支那大陸・フィリピン・シンガポール・南方諸島を占領し、白人支配に対する東洋人の意地を見せ、実力以上に戦線を拡大した大東亜戦争の頂上に差しかかっていたと思われる。若き一中尉・一中隊長として戦局の全般は分かるはずもないが、日本のそして世界の未来はどうなるだろうと眠れぬ夜もあった。しかし現在は赫々《かくかく》たる戦果である。だれしも酔ってしまう。この文は個人戦記であり、国や世界の情勢を書くと混乱するので簡単に歴史を書いておく。

昭和16年12月、米英と開戦、日独伊防共協定、第二次大戦。最初はドイツが優勢であったが、ヒトラーの独ソ開戦によりスターリングラードで泥沼状態に陥り、まずイタリア降服、ついにドイツも敗戦、日本のみ世界を敵として戦い。これは無謀という外はない。我々の陸士卒業時〝関特演〟で南方に向かわず北ソ連をドイツと共に攻撃していたらと思わんでもなかったが、私も生きていなかったろうし、アメリカを敵とした以上勝てなかったと思う。

7章

荊州城守備隊長

——中支戦記——

戦闘に明け暮れ1年半、昭和17年末、荊州城の守備隊長を命ぜられ、初めて都会を警備することとなった。「三国志」で有名な街だ。もちろん揚子江河岸の港だ。正月早々火事だという。近くの山火事だが何とすぐ近くに関帝廟があり、延焼したら日支国交上の問題になるという。初めて知ったのだが日本では劉備、諸葛孔明が有名だが中国では関羽が一番尊敬され関帝として祭られているという。

警備の者は残し、早速非常呼集をかけて「消火に役立つ物を持ってこい」と言って現場に行った。幸い風も強くないし廟まで火は入っていなかったので周囲の樹や燃えやすいものは切って片づけバケツリレーで水をかけた。一時はどうかと思われたが、幸い皆東北出身の兵隊さんだ。もちろん中国人も消火に協力した。その縁で街の要人とも親しくなり、通訳を介してだが話すようになった。ある時、大した用事もない時に、街の若い連中が2、3人来た。いろいろ話していると、何かの話の中で突然1人が魔窟に案内しようと言ったので驚いた。麻薬の秘密吸飲所らしい。私も話は聞いていたが気味が悪いのでちょっと迷った。彼は言った。「英国との麻薬戦争をご存じでしょう。麻薬は今なお中国の癌です」と。そこで私も決心した。しかし何が起こるか分からないので頼りにしている下士官と当番兵を連れて行った。港のごみごみした道を入ると、割と大きな、しかし薄暗い家だった。中も暗い大きな部屋に入った。入口で彼は口に手を当てた。「静かに」ということらしい。変な臭《にお》いがする。

目が慣れると10畳位の部屋に7、8人の男がごろごろ寝ている。何人か煙管のようなものを吸っている。中高年や若い人もいる。眠っている訳でもない。皆〝ボーッ〟として天井を見ている。「ははー。これが人を一生廃人とする麻薬（モルヒネ）か」と思い、何だか気持ちが悪く、長くいたくもなかったので急いで帰った。あの奇妙な雰囲気は一生忘れられない。

翌年昭和18年3月には、思いもかけず五十四期の西沢中尉殿が、別れの挨拶に来られた。予科士官学校の区隊長を命ぜられた由。お互いの前途を祈って乾杯した。

そして中隊長だった高橋連太郎少佐も4月には陸軍予科士官学校の中隊長として東京に帰られた。いつしか日本も敵の反攻にビルマが危殆《きたい》に陥り、私を愛し鍛えてくださった立花連隊長は少将閣下となられ、独立混成第一旅団長に転任された。そして日本軍が多方面で次第に圧迫され、ついに本土決戦に踏み切ろうとした時には私も本土に帰っており、予科区隊長の時、宮崎師団長に親任された。予科に来られた際「大隊長として宮崎に来い」と言っていただいたが、六十期の教え子と別れ切れず終戦を迎えてしまった。

次に、血を国家に捧げた左手手榴弾創の負傷状況と、その後の状態を記し中支戦記の終わりとしたい。

8章

左手負傷

―中支戦記―

昭和17年7月夕方　私は連隊本部の後方を進んでいた。

本部伝令が走ってきた。「第一中隊長殿、連隊長殿がお呼びです。中隊は現地で夕食とのこと」「よし」と急いで前に出た。もう既に第一大隊長も来ておられた。私が敬礼したら「おお、長田か。わしの尖兵は右側の敵が有力とみて攻撃をかけたが左手の高地の縦深陣地から撃たれて動けない。明日の進行のためにどうしても正面陣地を占領しておきたい。第一中隊は午後10時ごろ夜襲をもって正面陣地を攻略せよ」と命ぜられた。「はい」と答えて薄暮の中を見回すと、どうも揚子江支流の又分流と岐路の川原らしい。これでは連隊本部は朝になれば敵の機銃1丁で一掃されてしまう。

私は部下に「第一中隊　夕食後現在地に前進」を命じ、もう暗い中を双眼鏡で敵状を少しでも知ろうと努めた。敵陣は前から準備したものらしく、崖のすぐ上に第一線塹壕と、良くは見えないが頂上付近に第二線があるらしい。今は静かである。次々と第一小隊長から第三まで小さな声で報告され顔を見せた。

皆1年余り生死を共にした戦友だ。私は夜襲計画を発表した。といってもこの闇空だ。簡明を第一とした。

「第一小隊先頭　中隊長と共に進む。第二小隊は二陣、第三小隊は軽機分隊を指揮、前方敵対岸のあの大きい岩の陰に軽機を据えその周囲に狙撃手を配置、敵が射撃を始めれば味方の援護射撃を開始、それまで敵に気づかれぬようできるだけ奥の陣地に接近して突撃する」「突撃まで着剣するな」これは月はないが星の光が剣に反射することを心配したのと、剣の先が岩や木に接して音を立てるのを恐れたからだ。「静かに前進」音を立てぬよう、敵に見つからぬよう一歩一歩腰をかがめて前進した。耳をすましていると軍隊の行動も気になる音が多い。呼吸音、靴音、すれる音など「もう見つけられるか！」と思いつつ前に進んだ。その時急に崖の上に立ち上がり「シエー、シエー、だれか、だれか」と中国語で誰何《すいか》する者がいる。「もう限界だ」「突撃！」と叫ぶと軍刀を右手で引き抜き「行くぞ！」ともう夢中で右手の坂を登り始めた。案外坂は急ではなかった。

たちまち敵の機銃と小銃の音、手榴弾の破裂音で満ちた。こうなっては怖いなどという感情は入る余地がない。ただ、だれにも負けないで敵に突っ込みたいだけだ。

その時だった。左手のすぐ上で〝パッ〟と閃《ひらめ》き〝ドカン！〟と大きな音がした。

「手榴弾だ」と思って左手を見ると真っ黒になって小さく縮まっている。

「左手をやられた」と思う前にバットで、いや鉄棒で左手を強く殴られた気がして後は痛みも何も感じない。「右手はどうだろう」と思った時、刀の握りの部分で無意識に身体を一撫《な》でしていた。内臓に破片が当たっていないかと思ったのだろう。ふっと気がつくと私は一時立ち止まっていたらしい。そして「左手をやられたのなら、敵を斬《き》ってやろう」と思い、いきなり走って敵陣内に飛び込んだ。敵もびっくりしたらしい。濠内から乗り出して下から攻めてくる味方を撃っていたようだ。ちょっと間があって私は右手に握った軍刀を逃げる敵の肩から振り下ろしていた。何か跳ね返るような感じがしたなと思った時、私は見事に転んでいた。敵も転んだのだがすぐむくむくと起き出して後も見ずに走って逃げて行った。私は右手の軍刀を見た。何と真ん中あたりからぐにゃりと40度に曲がっているではないか。左手も何だか痛み出し、私は寝たままだった。何と一瞬考えたことは、先祖伝来の刀と思って軍刀にしたのになまくらだったのか、ということ

軍刀とともに

だった。郷里門司の古い家を思い出し、蔵の中から錆《さ》び刀を1本探し出し研ぎに出したら名刀らしくなったので軍刀にしたのだ。

その時「隊長殿」と声がした。第一小隊長だ。「おお」と返事をしたが左手は全然動かないし、曲がった軍刀も恥ずかしく、何とも座ることもできない。

当番兵に軍刀を見せ納得してくれたので曲がった軍刀をそっと押しやり右手で身体を起こし座ったが、左手は動かない。小さく縮んだままだ。見ていた第一小隊長が「衛生兵」と呼んだ。衛生兵の応急処置を受けた私は立上がった。脚は大丈夫だ。左腰の軍刀の鞘《さや》が歩くのに邪魔になるので、外して当番兵に黙って渡した。何と少しの間に曲がった刀を真っすぐにしている。「これなら何とか鞘に収まってくれるだろう」と安心して第一小隊長に「後は頼む」と言って谷を下りた。もちろん連隊長に報告のためと軍医さんの本格的な治療を受けるためだ。

連隊本部に着くと連隊長は待っておられた。「第一中隊、先程ご命令の陣地を占領しました」と報告すると、「おーよくやった。左手をやられたそうだな。どうだ？」とおっしゃるので「左手を手榴弾でやられましたが感覚が十分ありません」と左手を前に出す。何と動くではないか。「左手は何とか助かったなー」と思った。「すぐ軍医に診て貰え」と連隊長。「はい」と敬礼したら木村軍医殿はすぐ横におられて、椅子に座って光の元で仮包帯をほどいた。真っ黒な左手が出てきた。軍医殿は左手を丁寧に消毒された。そして左手薬指・小指の下から親指の根本にかけて小さな橋状に残っている掌部の肉をピンセットで挟んで「駄目だな、切るぞ」と手術用はさみで、チョキチョキと切られた。あまり痛くない。少し出血したが、軍医さんの手術は続く。左手の親指が固くなって曲がらない。軍医さんが懐中電灯で照らしたのをよく見ると、親指の付け根の関節を縫うように、釘が曲がって止まっている。

軍医さんは、いきなりペンチ状の金具を出し、それをはさみ、外そうとしたが、肉と骨で固定されているようで、「痛い」と言うのは中隊長として恥ずかしいと、呻いてうなった。

「これは入院せねばならん」と軍医さんが言った。しばらく連隊長と話していたが、「長田中尉、その親指は手術せんとまずいらしい。明日朝、輜重部隊の部隊長がわしのところに来るので、漢口陸軍病院に送ってもらう。すぐ準備せい」と言われた。準備といっても着替えをひと包みと問題の軍刀だ。本部に聞いてみると、幹線道路に出るまでは軍馬で、広い道路でトラックに乗り換えるらしい。乗馬は練習しているので、右手1本と、軍刀を包んで肩から腰に斜めに縛りつけ、馬に2、3人で押し上げてもらい、腰の拳銃で戦うようにした。幸い敵には会わなかった。

トラックは事もなく漢口陸軍病院に着いた。緊張が一度にとけた。

立派な病院だ。早速検査、特に左手のレントゲン検査だった。特に左手親指の付け根が全然曲がらない。ちょうど釘を打ちつけたように固まっている。

軍医さんは麻酔の後、切り開いて、その釘状の金属を完全に取り出し、痕を縫合していただいたが、親指は、第一関節は180度固定、第二関節は90度曲がるのみで、左手は自分で自由には動かせない。

しかし看護婦さんが、2人に1人宛て付いて、食事から排泄まで手伝ってくれる。

今まで、敵にいつやられるか、部下はどうだ、と気を配っていた生活とは天国と地獄だ。

その時、対岸の武昌陸軍病院より、石山剛君が見舞いに来てくれた。山形県出身で、士官候補生の時に一緒で、満州に行き二十九連隊として鍛えられた。陸士も同中隊だ。そして、中支も一緒に来て、彼も同じ戦場で右手銃弾創で、武昌陸軍病院に入院、偶然彼の兄さんが軍医大尉で勤務中だった。

彼は、右腕神経接続手術をして成功して、右手は動くそうだ。一緒に予科の区隊長で帰り、縁は深い。

9章

陸士区隊長時代

　昭和18年12月、大東亜戦争も満2年目を迎え、早いもので私の在支も2年、中隊長になって満2年も近いころ、第二次長沙作戦が始まり、在支米空軍は増強され、常に空襲空爆を考慮せざるを得ない状況となった。ある時、午後だったが、一列で行軍中「空襲！」との声に「散れ、伏せろ」と命じて顔を上げると、超低空で機銃掃射をしてくる。時々爆弾も落としているようだ。すぐ横を機銃弾が通り過ぎ、爆発音がした。すると、いきなり〝ドサッ〟というように肩から背中に重みがかかった。「おやっ、爆発の衝撃で飛ばされた土か石が乗ったかな」と、土の埃でもうもうとする中ふと肩を見ると、私の当番兵の上等兵が私にかぶさってカバーしようとしている。大きい敵機銃弾だから2人共串刺しだろうが、命を懸けて私を守ろうとする気持ちに深い感謝の気持ちが起こり、「有り難う」と一言言って部下の様子を見た。幸いだれもやられていないし怪我《けが》もない。純粋で、忠義にあふれた東北の兵を部下に持ったことを心から有り難いと思い、一生忘れられない光景として心に深く残った。

作戦も終わり駐屯地に帰ると間もなく「任　陸軍予科士官学校区隊長」の命が下った。昭和19年1月10日までに着任せよとのことで、生死を共にした白虎部隊、第一中隊に別れを告げ、心を残しながらも中支を後にすることとなった。

上官方に申告し、荷物も着替えを入れた将校行李一つ持って、今度は陸路鉄道で南京・徐州・北京と行った。そこで満州に入った時、本渓湖で石炭会社の重役をしている柴田の叔父と叔母に会って帰ろうと思い、国境の山海関で電報を打とうと軽い服装で下車したらこれが失敗だった。駅員は全然日本語が通じない。いろいろ話して電文を筆記していたら汽車は出発してしまった。仕方がないので、寒いが後の列車で乗り継いで奉天に出て、初めて本渓湖に行った。軍刀もマントもない自分は敗残兵のような姿だった。
柴田の叔母は驚きつつも喜び、御馳走を用意して歓待してくれた。良かったことに同期の木村中尉が同乗していて、私の荷物を運んでくれ、下関で電報を打って僕の家族に受取りに来て貰ったらしい。彼に迷惑をかけた。

中支在任中、戦闘と教育にあけくれた日々の旗手時代、幹部候補生教育を終えて南京に送り出し、急に暇になりほっとして気が緩んだのか39℃の熱が出て下がったり上がったりした。木村軍医さんに診察を受けたら〝三日熱マラリア〟と言われ、ポケットから財布のような物を取り出され、特効薬〝キニーネ〟を6錠飲めば良いだろう、とくださった。ものすごく苦かったが有り難く服用した。2日で熱が下がり5日で治癒と言われた。以来、医学に興味を持つようになったので印象深い出来事だ。身体にも更に注意するようになった。

体力が出てくると、本部の前にある民間人経営の喫茶店に行ってみた。コーヒーや紅茶が相応の値段で出ている。「コーヒー1杯」と頼んで腰を下ろした。しばらくして匂《にお》いをさせてコーヒーを持ってきたのが、16、7才の娘さんであった。小柄だが目鼻立ちの整った優しそうな娘だった。日本語は全然通じなかった。しかしマラリア病後のこともあり、仕事も旗手だけで暇であったので、毎日昼食前にコーヒーを飲みに行った。

だれもお客さんはいなかった。3、4日通う内に、いつしかウェイトレスは私の横に座って、飲むのをじっと見ているようになった。といっても私も12才で幼年学校入校以来、今まで女人禁制で過ごしたし、現在旗手として軍旗を汚してはならぬと思い込んでいたので、「僕に好意を持っているかなー」と思いつつ、手を握ることもできなかった。

その内、次期作戦の準備・攻撃と1ヶ月間続き、帰ってみたらコーヒー店は閉鎖されていた。私の淡い、恋ともいえぬ物語は終わった。

郷里門司に帰って先祖の墓にお礼参りの後、母校の田野浦小学校で講演をした。ちょうど大東亜戦争が始まり、満州・支那・フィリピン・ビルマと日本始まって以来初めての地を占領し「勝った、勝った」と言っている状態なので、凱旋兵のように扱われ、戦地の体験や日本の今後を話した。

そして上京の途についた時、ガダルカナルでほとんど全滅し軍旗も行方不明となり、再編成された原隊第二師団二十九連隊の新連隊長と連隊旗手の方と、偶然上京列車に乗り合わせた。乃木大将が連隊長時代に西南戦争で軍旗を行方不明とされ（それが殉死された遠因かといわれている）、それ以来初めて再下賜とのことで、ガダルカナルの戦況、特に連隊長の戦死、その前の大塚旗手の戦死などいろいろな話を聞いた。その後同期の大野君が旗手を命ぜられたが、敵の包囲と圧倒的な敵の射撃に彼も負傷し、素手で土地を掘り、軍旗を埋めた上に隠すように身を横たえて戦死したことまでは分かっているが、後はどうしても分からない。何しろ大東亜戦争の分岐点と言われた戦場である。ほとんど全滅に近い状態では仕方がない。特に中隊長だった小野君は「舟の撤退場まで苦心してたどり着きながら軍旗がないのでは」と言って自決したという。いずれも同区隊で仲の良かった友だちだ。そして隊付で一緒に満州に渡り、上等兵から軍曹まで士官候補生として歩二十九将校団に属し、厳寒の中を共に鍛えられた仲だ。

将校団の結束は同期生と違った意味で固かった。

私はガダルカナル島で軍旗を奉じて死ぬべき運命を、中支に飛ばされて左手負傷のみで済んだ。

出京後、予科士官学校に出頭し、校長牛島中将に申告した。同時に軍医さんに身体検査を受けた。特にどうということもなかったが、満州で風邪を引いて「治らないなー」と思ってはいたが特別にレントゲンを撮らなかったし、「良いのだろう」と気楽に過ごしていたら、結核の心配もあったと教えられた。後になってその軍医さんに「君は校長閣下に特に気に入られとるなー」と言われた。僕は「いいえ、いいえ。私は牛島閣下とは初めてお会いしたのです」と言うと、「しかし、閣下に長田中尉は結核の心配があると申し上げたら、閣下は『長田はわしの将校団の後輩で将来を期待しとるし、結核なんかで履歴を傷つけてはいかん』とおっしゃっておられた」と言われ、本当かなと思って、当時学校副官をしておられた広幼時代の生徒監だった鬼頭中佐殿にお会いして聞いてみたら、校長閣下は第二十九連隊将校団とも関係が深かったということが分かって、将校団の厳たる存在に驚いた。

閣下がそれから1年位で沖縄軍司令官となられ、玉砕されたのは皆様ご承知の通りである。

さて、陸軍予科士官学校について言うと、五十五期は区隊長としては最新参で、二十二中隊十区隊長を命ぜられ六十期を教えることとなった。もう区隊名簿もできており、生徒の入校まで毎日写真と出身・家族構成その他と写真を見て名前を覚えることに努力した。十区隊は41名だった。

六十期生4700名。各幼年校上がり900人。全国中学校4〜5年。健康な優秀者を選抜試験で本土決戦用に採用した過去最高の人数であり、いずれも優秀で教えがいがあった。

ラッパで起きラッパで食べ、勉学し教練して眠る、という一切平等の生活が始まった。皆緊張しながらも最善を尽くしてくれたが、軍隊生活は一般の家庭とは違うので慣れるまでそれぞれ苦労し悩んだようだった。

私も左手負傷で、例えば鉄棒にぶら下がっても動けない。模範は隊付曹長2人に任せて、私は言葉や号令で指導した。教練・剣道・その他の生活指導はもちろん一緒にやった。

戦局は、ビルマ・フィリピン・グアム・スマトラ・硫黄島と逐次攻められ占領されて、ついに東京大空襲を受け、本土決戦は近いと思われた。

まず、陸士校歌を覚えさせて逐次軍隊生活に慣れさせた。陸幼出身者は頼りになった。戦後六十期生会で一人の部下から陸幼で体罰を受けたことを強調されたが、私個人としては殴ったことはないと自信を持って断言できる。ただ、戦局が日に日に我が国に不利となり、何となく焦って叱《しか》ってしまった記憶はある。

敵空襲も次第に多くなり、3月10日、ちょうど週番士官の時に東京大空襲があった。朝霞台上から東京全体はよく遠望できたが、火は広く延々と燃えB29の爆音が高いばかりだ。火は広がり東京全土が燃えているようで、ついに学校にも爆弾・焼夷弾が落ち出したので週番士官の任務を思い出し、中隊を集め、あらかじめ準備してあった防空壕に皆を入らせたが、幸い校舎は焼けなかった。

その2日後、私は生徒隊長（少将）に呼ばれて六十期生会指導区隊長を命ぜられ、「ついては来る5月5日に同期生会設立大会を行うことになったので、長田中尉、銀座の日本芸能協会に行って、浪曲と琵琶歌をなるべく有名な人に頼んで来て欲しい」と言われた。早速中隊に帰り、中隊長に報告すると、「早い方が良い。今日早速行ってこい」とのことなので、銀座に向かって出発した。幸い電車は動いていた。都心に入るに従って焼け野は広くなり、惨憺《さんたん》たる有り様である。銀座も同様で、焼け残りのビルがポツン、ポツンと立っているだけである。人も少ない。

書いて貰った住所を見つつ聞きながら行くと、銀座の端のビルの2階に5〜6名の事務員がいる所だった。事情を話してお願いすると「ちょうど良かった。この大空襲で東京の劇場もほとんど焼けてキャンセルばかりで困っていた所ですから御希望の方を言ってください」と言われたが、何しろこちらは琵琶も浪曲も聞いたことがなく、さっぱり分からない。ただ「有名な上手な方を」と言うと、琵琶は女性の名を言った。何だか聞いたことがあるようなので有名なのだろうと思った。浪曲師の名を言ったが、聞いたところ知らない名だが、どうも女の名に聞こえたので慌てて言った。

「2人共女は困ります。陸士は女人禁制の学校なので」と言うと、そこにいた全員がどっと笑い出した。私はなぜ笑われたか分からず、きょとんとしていると、一番年取った人が「男ですよ。それも日本一といわれている浪花節師ですよ」と笑いながら言われた。私が自分の世間知らずに思わず頭をかいている内に、その人は琵琶師・浪曲師の名を書いて渡してくれた。

私も学校本部の電話番号・住所・交通案内を書いて渡し「準備の細部・費用等を相談して欲しい」と言った。その人は「近く若い人を学校に行かせます」と約束してくれたので安心して帰った。

空襲は次第に激しくなり、予科士官学校も、次第に爆撃とそれに付属して戦闘機の機銃掃射も受けるようになり、六十期生にも何名か戦死者が出た。戦勢は次第に悪くなり、ついに予科も疎開になり、信州、新鹿沢温泉（浅間山に近く大きい旅館である）に行くことになった。考えると今更遅かったが、航空最優先でまず身体検査で航空適任者を選び、ほとんど航空士官学校入校となった。すぐ繰上げ卒業になり、残り八・九・十区隊をまとめて一区隊とするような編成になったと記憶しているが、定かではない。

新鹿沢は緑も多く、静かな平和郷だった。近くに浅間山がそびえ、時々煙を吐《は》いていた。広い30畳位の部屋を割り当てられ、机もあまりない部屋で一緒に食事し、勉強し、ふとんを敷いてざこ寝である。ある意味では寝食を共にする教育と言い得るかも知れない。昼も演習をした高原で皆で一緒に採ったわらび・ぜんまいなどをおつゆに入れて貰って食べた。

空襲も本土決戦も忘れた日々だった。

たちまち8月が来た。地上兵科の者たちは繰上げ卒業となり、思いがけぬ

4、5日の休暇が来た。もちろん門司に帰ることにして、8月頭、夜行で東京へ出発した。

関門海峡に面した故郷の家は、父母の部屋の前にある防空壕に入っている時、B29から海に落とす予定（軍艦目標）の機雷が2階を貫いて父母の部屋に落ち、田野浦全員退避の上で海軍さんが機雷を除去してくれたそうで、まだ壊れていた。父母の無事を喜び、上京の途についたつもりが〝広島〟の手前の廿日市《はつ》で停車、「広島空襲につき、ここから歩いてください」と言われ線路沿いに歩いた。

それが、原爆であったとは、その時には知る由もなかった。

10章

広島原爆の記憶

ソ連の〝チェルノブイリ〟原子力発電所の事故で死の灰が全世界に恐怖を与えている時、それよりおよそ40年前の広島原爆投下と、その2時間後に偶然歩いて通った広島市街の惨状を思い出した。もう風化しつつある原爆の恐ろしさを忘れないためにも書いておこうと思う。

当時、私は陸軍士官学校の区隊長をしていた。教え子たちが卒業した後、4日間の休暇を貰って郷里門司に帰っていたが、昭和20年8月6日早朝、機雷で関門連絡船が動かないので門司から朝一番の汽車で関門鉄道トンネルを通って上京の途についた。午前10時ごろ、広島の手前〝廿日市駅〟で止まると、駅員が「空爆のため列車不通ですので、ここから〝向洋《むかいなだ》駅〟まで歩いてください」と言う。真夏の炎熱の中、荷物をかついで線路を歩き始めると、広島方向から、服は破れ血を流している人、火傷《やけど》のひどい人などがフラフラしながら次々にやってきた。その中で元気そうな人に、「どうしたのですか」と聞くと、「午前8時、空襲警報と同時にB29が1機飛来して〝ピカッ〟と光った後〝ドーン〟と激しい音がしたと思うと、たちまち熱風が来て、家は倒れ、焼け始めたので今逃げてきたのだ」とのことであった。ちょうど広島市街の見える所であったので見渡してみると、まだ方々に煙は上がっているが、見渡す限り瓦礫《がれき》の平野にビルの残骸《ざんがい》が所々に立っているだけで完全な家は全然見えない。「たった1機ですか」と聞き返すと、その人は「1機だけでした」と答えた。というのも、その年3月10日夜の東京大空襲の時、偶然東京郊外の高台にいて、数百機のB29の終夜の波状攻撃で数千、数万発の爆弾と焼夷弾を落とされ、東京の空が真っ赤になり延々と燃え上がるのを目撃していたのだが、翌々日行ってみると、郊外近くはもちろん、都心部ですら所々完全な焼け残りがあるのにびっくりした記憶があったからである。

それから広島市内に入るとだんだん死体が多くなり、焼けた家近くで倒れている人、逃げる途中力尽きて倒れたと思われる人々、特に中心を流れる太田川の川岸は真っ黒といっていい程の死体の山で、ずっとつながっていた。余りの惨状にただじっと敬礼して冥福を祈っていると、足元の死体の中から「将校さん、私はまだ生きていますから救護隊か、赤十字に連絡してください」と声をかけられた。びっくりして見ると、真っ黒に火傷しているがはっきり目を開き手を動かしている。「では探して必ず伝えますからしっかりしていてください」と言って線路から下り、焼け野原の街をうろうろ見回して歩き、やっと1台赤十字の車を見つけ、太田川の川辺の人のことを伝えた。運転兵自身も頭に包帯をしていて、「実は軍医殿も衛生兵もこの爆弾で大部分戦死か負傷して動ける者が少ないのです」と車の荷台を示すので、のぞいて見ると負傷者が重なるように乗っている。「しかし約束したのだから何とか頼む」と言うと、「もし生きておれば何とか行ってみましょう」と約束してくれた。

無力を嘆きつつまた線路に沿って歩き始めると、広島駅はホームだけで線路は曲がっている。炎熱は強く、死臭は異様な程で、汗と煙でフラフラになりながらやっと〝向洋駅〟に着いた。その駅は焼け残っていて折り返し運転をしているとのこと。ホームに腰を下ろして時計を見るともう午後5時だった。「たった1機のB29でこんな有り様ではもう日本も終わりだなあー」と大きな声が聞こえてくるが、軍人でありながら反論するすべもなく、ただ黙っていた。そして、折り返し運転の列車から乗り継ぎ、夜になってやっと何とか上京した。

8月15日、ついに終戦。玉音盤奪取事件に長田が加担しているとの噂《うわさ》が立って迷惑したが、もちろんそのような事実はない。

8月20日、士官学校生徒の復員帰郷に特別列車が仕立てられ、私はその輸送指揮官を命ぜられた。西へ向かう路線の各駅ごとに、帰る者を降ろして集合させ、別れを告げた。やがて広島に着くと、まだ屋根もなく、焼けただれたホームに集まった40〜50人に「この中で家族の安否の分かっている者は手を上げろ」と言うと3分の1に満たない手が上がった。一瞬、暗然としたが、「原爆で家族を失った者もいると思うが、これからの日本の復興のため、苦しみに耐えて頑張ってほしい」と簡単に話して別れた。

その後、原爆の実体が分かってきて、放射能の後遺症が出るかと心配もしたが、何ともなく、毎日の生活に追われていつしか忘れて日を過ごした。そして20年後の昭和40年、広島での士官学校の教え子たちの会合に出席した。広島の復興に驚くと共に、教え子たちが両親や兄弟を失いながら苦学して大学を出て、会社の重役、裁判官、弁護士や高級官僚などになっているのに感心し、また安心した。

〝原爆が日本を本土決戦による本当の破滅から救い、無条件降伏により今日の繁栄をもたらした〞との逆説もあるが、敗戦後の苦難と原爆の恐ろしさや惨状は決して忘れてはならないし、繰り返すことは絶対に許されないと思う。今、アメリカをはじめとする核保有国の微妙なバランスによって保たれている世界平和が果たしていつまで続くか、断言できる人はだれもいないだろう。

世界で唯一原爆の洗礼を受けた日本は、核アレルギーと言われても〝原爆廃絶〞に努力を続ける外に道はないと思う。

11章

終戦、そしてその後の人生

原爆の悲惨さを見て上京し、間もなく8月15日終戦を迎えた。

その2日前、私用で偕行社《かいこうしゃ》に行って用事を済ませ、帰ろうとして玄関前まで来たら、参謀肩章をつけた高級軍人が何人か入ってきた。当然道を譲って敬礼していると、偶然、日本総司令官、杉山元帥が入ってこられた。当然副官肩章をつけた中佐がついてきた。元帥は皆に答礼して〝僕の顔〟を見つめて副官に何か言われた。副官は僕に寄ってきて「杉山元帥閣下だ。貴官の姓名・所属を知りたい」と言われ、びっくりしたが反射的に「陸軍予科学校区隊長　長田志郎」と申告した。元帥は「おお 長田か。秦から聞いておるぞ」と言われた。

後で考えると、杉山元帥の出身は小倉であり門司と近い。それに陸士十二期で秦中将と同期であり、秦閣下は私の親戚である。憲兵司令官、第二師団長を経て今は予備役だが、私の保証人にもなってくれているので、何かの折に話もし写真を見せたかも知れない。いずれにしても、終戦直前、期せずして陸軍最高位の方にお目にかかれて、声までかけていただいたのだ。何か運命のような気がした。陸軍では出身県・地を大事にする。あるいは北九州出身として期待のようなものを持たれたのかも知れない。しかし、すべては遅かった。終戦後、杉山元帥夫妻は自決された。

終戦の詔勅は陸予士の玄関に整列して六十一期生と共に謹んでお聞きした。皆、涙を流したが不思議なことに私は涙が出なかった。これは同期生情報網というべきか、玉音盤奪取失敗の件も、広幼の同期の上原重太郎の森近衛師団長殺害事件も、同期のだれ彼がやってきて耳元でささやいて行ったので、知っていたのである。

そしてソ連の満州侵攻、阿南大将の自刃と続き、杉山元帥夫妻の自決は初めてお会いした郷里の大先輩だけに胸が痛んだ。

米軍の日本上陸、そして最後に残った六十一期生の帰郷のため特別列車が仕立てられ、関西方面の輸送指揮官として下士官2名をつけ数百名を連れて汽車に乗り、名古屋・大阪と逐次下ろして広島駅に来て、焼け跡の駅前で広島出身者に「日本は負けたが、今後の復興には諸君の力が絶対必要だ」と述べて別れたのは前章で書いたとおりだ。

広島を出発して間もなく米軍将校が乗り込んで来た。幸い日系2世の通訳がついていた。事情を話すとすぐ「ＯＫ、ＯＫ」と了解してくれ、横に腰を下ろして話を始めた。通訳つきの雑談なんて何とも往生したが、相手は私の軍刀に目をつけたらしい。結局「日本は武装解除になり、軍刀を持てなくなるだろうが、今自分にくれたら家宝にして大切にするからくれ」と言う。私にとっても先祖伝来の刀だが、〝なまくら〟ということは突撃でよく知っているので、結局贈呈することにした。

九州に渡り、一周して鹿児島で全員と別れを告げ、公務なので門司には寄らず東京に帰り、今後のことをゆっくり考えた。

医学に興味があったので、両親に九大医学部受験の許可を貰った。ちょうど父も、地主として一生を過ごすつもりでいたのに、マッカーサー司令部の農地解放令で安く作地を売り渡すようになってがっくりしていたため、私には「農地がなくなったからこれからは技術を身につけろ」と激励してくれた。

もちろん大学卒業まで4年、インターン1年。敗戦後の食料難と貧乏生活にはよく耐えたと思う。父も私の学費のため土地を売ったようだが、農地解放で不動産が動き、父はその売買の仲介で相当利益を得られたらしい。有り難いことである。

私も奨学金を支給申告し、アルバイトもいろいろした。陸士の同期生から世話されたのが最初のアルバイトだった。博多港に船で運搬されてきた米を、渡し板の上を担って倉庫に運ぶ仕事だが、たまには馬車で受け取りに来たのに積み込むこともあった。

九州大学学生証

九州大学の同級生と（前列右から2番目が筆者）

内科医として開業した頃（昭和30年代）

　ある日、米俵をかついで馬のそばを通ると、私が国防色のシャツを着ていたからか、草と間違えたのだろう。上腕にがぶりと噛みついた。シャツは破れ、腕に歯形が残り、血がにじんでいる。事務室にいた同期生も飛んで来て赤チンで消毒し包帯してくれた。今も歯形は傷として残っている。

　当時日当は250円だった。医師になって往診料が250円（夜間は2倍）で、良かったと思ったのを覚えている。

昭和21年4月…九州大学医学部入校 → 昭和25年卒業
昭和26年………医師国家試験合格 → 勢田診療所勤務
昭和27年………小正診療所勤務
昭和30年………郷里田野浦にて長田医院開業（田野浦小学校校医を兼務）
昭和38年………医学博士取得 → 米国留学
平成6年………長田医院理事長就任

終戦後、年齢的には遅れたが医学の道を選び、九州大学を出て開業し、同大で学位を取得した。それから無謀にもプラスチックの事業なども始めた。更にその時期、医師になってすぐ出会った現在の妻とアメリカ留学と称して全米旅行も敢行した。

借金が残ったが、さらにその上、近くの空き地300坪を700万円で購入した。そしてそこに4階建のビルを建て、1階は医院、2階以上はアパートとして貸すことにして、完成した当時は「病院付きアパート」として地方紙に取り上げられたこともあった。取りあえず2階に私たち家族と看護婦さんが住み、借金返済に専念したが、なかなか減らず苦労した。これは後を継いでくれた娘にまで迷惑をかけ、苦労させてしまった。要するに事業の才などなかったのに、うぬぼれと無鉄砲がすべての原因であった。

結婚生活についても簡単に書いておくべきだろう。

終戦の直前、突然魔が差したというべきか、死をあまりに考え過ぎたのか、親のすすめるままに見合いをして翌日結婚という馬鹿をやってしまった。この結婚は、2人の子を作ったが次第に間を空けて別居に近くなった。3年目ごろからは私が子供2人を連れて門司に帰り、私の母に子供を見て貰い、私は門司から九大に汽車通学していた。

九大卒業後インターン時代の後半は、紹介されて若松市の伊藤医院に見習勤務をさせて貰った。小児科だったが良い勉強になった。医師国家試験に際しては、休暇を貰って勉強した。

4月、受験修了後に再び伊藤医院に出勤して、初めて和田絢子に出会った。伊藤医院の今までの受付が急に辞めたので臨時に勤めているという。一目で僕は運命を感じた。「この人と一生を共にする」と決心をするのに何日もかからなかった。これから僕の後半生は始まったと言ってよい。第二の人生の第一歩と言うべきだ。

今の妻と子供たちと共に、残った人生を平和に過ごせていることで『僕の人生は運が良かった』と思うことにしよう。

最愛の妻　絢子と

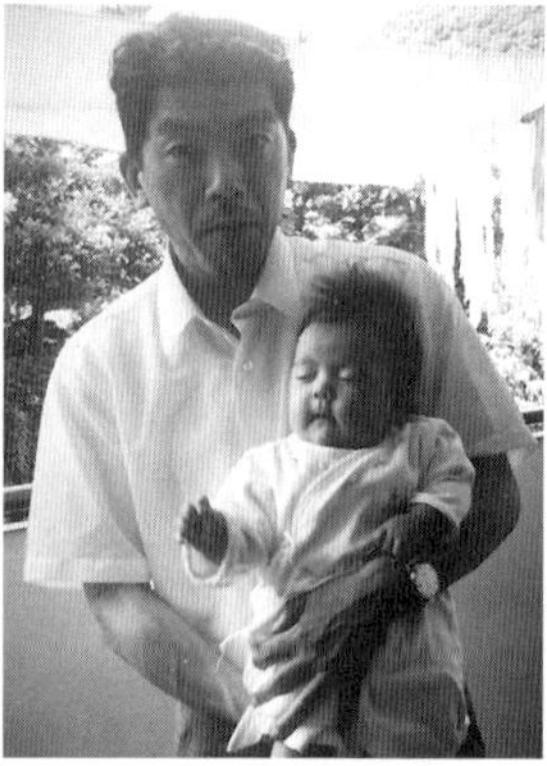

末娘の志保と

終わりの言葉

我が二つの人生と書きながら、第二の人生に入ると筆は進まず、九大医学部の学生生活に入って以降は記憶が曖昧《あいまい》で自信がない。それが第二の人生、医師として家庭人として過ごした人生を、文章にする気持ちになれない理由である。

竜頭蛇尾に終わるが、少なくとも私の軍隊生活は自ら選んだ道であるだけ幸運に恵まれ、部下にも武運を分けてきた気がする。

第一に幼年校に入学できたことである。ここでの3年の鍛練が陸士の卒業の際の恩賜の銀時計につながり、また、思いもかけず原隊第二十九連隊から六十五連隊に赴任を命ぜられ、中支の第一線に行った。これが後になってみると、二十九連隊は大東亜戦争の勝敗の分岐点といわれたガダルカナル島に派遣され、軍旗行方不明、連隊長以下全滅に近い損害を受け、私も原隊に帰っておれば当然連隊旗手に任ぜられ、軍旗と運命を共にしたと思われる。

現実は中支第一線に赴任、見習士官小隊長として鳳凰観で独立陣地を任ぜられ部下20数名の名を覚えたころ、すなわち10日目ごろに敵の大反抗を受け、たちまち完全包囲されて孤立化。幸い弾薬・食料・水等は十分用意してあったので、全員不眠不休交代で敵を陣地に入れないようにした。初戦は満19才で必死だった。ただ部下は百戦錬磨の方が多く、新米指揮官をよく助けてくれた1週間だった。

敵が逃げ、「全員大丈夫か」と聞いた時の「戦死者なし・負傷者なし・異常なし」の返事が私の戦地の幸運の始まりだった。

中隊長を命ぜられ、部下120名以上になっても幾多の戦闘に参加したが、ついに部下に1人も戦死者を出さなかったことを、神に感謝し一人で誇りたい。

もちろん私自身を始め負傷者は実に多い。私個人で敵を手にかけたのはたった1回。左手を負傷した時に、突撃して手榴弾を投げたと思われる敵兵を右手だけで斬ったが、綿入れの上であったせいか、敵も転んだが私も転んで、軍刀はぐにゃりと曲がったが血はついてなかった。

戦争に行きながら自らの手で殺生は一度もしなかった。これは平和な時代になった現在、心安まることだ。

あとがきに代えて

畑埜志保（筆者の三女）

父が開業した医院に、内科医となった姉が後継ぎとして戻ってきてから、そろそろ引退を考えながらもなかなかその切掛けがつかめずにいた父に、自伝を書くことを勧めたのは私でした。時間を持て余してしまうよりは、父の人生の中で大きな割合を占める戦争のことを記録してみてはどうだろう、というような、軽い気持ちでの助言のつもりでしたが、父は、休み休みながら実に10年近い歳月をかけて、これだけの文章を書き溜めました。

その後、せっかくならば書籍という形にしようと決め、パレードブックス様の多大なご協力のもと、重複した部分やあいまいな記憶のままで書かれた部分を推敲、編集し、旧文字や旧仮名使いで書かれた部分を修正し、いよいよもう少しで本になるというとき、父はそれを待たずに89年の生涯を閉じました。

そしてすでに大詰めの段階だった書籍化も、そのまま立ち消えとなっていた状態でした。しかし父の死去から10年の歳月が流れた今、戦争を自身の経験として語ったこの記録を、やはり本にして残しておきたいという気持ちを強く持つようになり、改めて刊行することにしました。毎年夏になるとメディアが戦争の特集を始め、それを観るたびに私自身が密かに抱いていた呵責に似た気持ちから、出版を実現することで解放されたい、という身勝手な理由もあります。

以前、2000年（平成12年）頃だったと思いますが、その頃から父は体調に不安を覚え始めていたのでしょう、「会津若松で開催される歩兵第六十五連隊第一中隊の戦友会に参加したい」と言い出し、両親だけで長距離を旅行させることへの家族の心配もありましたので、東京に住んでいる私が両親と福島駅で待ち合わせをして、同行したことがありました。

どのような会合なのかも両親から詳しく聞いておらず、会場となっていた会津若松のホテルに着いて、間もなく宴席が始まるとのことでそのまま宴会場に直行したのですが、まずはとにかくご出席者の皆様の圧倒的な数に度肝を抜かれました。来賓の席にご案内いただき、そこから会場を見渡すと、大広間を二つぶち抜いたような見たこともない広さの座敷に、見渡す限りに父と同年代（当時父は79歳でした）の方々が居並ぶ光景は、まさに壮観でした。

久しぶりに父が出席したということで、皆様方が次々にお酒を片手に父の席の前にいらしてくださり（東北の方だからか、皆様本当にお酒がお強いのです）、母がお酒を受け付けない体質のため、代理として父の隣に座っていた私も自然にご相伴にあずかることになり、その時に皆様方が口々に戦時中の父についてお話しくださいました。

父は戦争中の話をあまり多く語らなかったので、主に母から、父の軍歴についての断片的に聞いている程度で、何の知識もなかった私は、その時に初めて、父はこんなにもたくさんの方々を率いて戦争を生き抜いてきたのだ、と畏敬の念を持ちました。

特に、父の本文での記述にもありますが、皆様もお話しくださった軍旗を守り通す連隊旗手の話は心に残り、平和な時代に生まれた私には、そこまでの気概を持って旗を死守するということ自体が大きな驚きでした。

私の中の父のイメージは〝穏やかな学者肌の医師〟であり、わずかに垣間見える軍人の名残は、完全に開き切らない左手だけだったので、リアリティを持って語られる戦地の父の様子に、別人の話を聞いているようだと思ったことを覚えています。

終戦から実に75年以上の歳月が流れ、その間に、父と同様に多くの戦友の方々が残念ながら鬼籍に入られました。ご自分の経験として「戦争」を知る方々は減り続け、直接戦争の話を聞くことができる機会もますます減っていくことは避けられません。

私自身、戦争の傷跡もほとんど消えた高度経済成長真只中の昭和40年代に生まれました。平和の恩恵を当たり前のものとして享受し、学校での授業と、祖父母や両親から聞く話が「戦争」のすべてで、遠い国の話を聞くような感覚で「戦争」という出来事を捉え、そのことについて深く考えることすらしていなかったように思います。

私は、〝父のために〟この本を作ろうと思い立ったわけですが、それがあったからこそ初めて父の体験と向き合い、本当に「戦争」はすぐそばにあったのだ、ということを実感しました。たったひとつのほんの小さなことが、たとえば立っている場所や、歩く速度や、そんな小さな違いが生きるか死ぬかを分ける世界に、父だけでなくたくさんの若い人たちが身を置いていたのだということ、そして今生きている私たち全員が、何らかの形で戦争を生き抜いてきた人がいたからこそ、その血を引いてここにいる、という事実に、あらためて大きな感銘を受けます。もしも父がガダルカナルに派遣されていたら、投げ返した手榴弾が一瞬早く爆発していたら、8月6日のもっと早い時間に広島に着いていたら、私はおそらくこの世にいなかったのだということが、初めて圧倒的な事実として胸に迫りました。

ある年の夏にNHKで放送された、「大陸打通作戦」についての特集を見ました。父が予科士官学校に配属されることとなって中支を離れたあと、歩兵第65連隊の皆様が参加することになった作戦です。父がもっとも信頼し、深い絆を感じていた大谷一枝さんをはじめ、戦地で父を助け、父と共に戦いをくぐり抜けてきた白虎部隊の皆様の証言で構成された番組でした。父が連隊を離れた後のあまりに苛烈な運命に驚愕し、知らなかった自分を恥じたのですが、その中で「肌で経験し、心で経験したことを、忘れられるはずがない」とおっしゃった方がいらっしゃいました。また、夥しい数の小さな骨壷が並ぶ忠霊堂の中で、「これは積み木ではないんだよ。一人ひとりが、生きて帰ることができなかった犠牲者なんだ。この上に、今があるんだ」という意味のことをおっしゃった方もいらっしゃいました。

受け継がれる命は、犠牲となられたたくさんの命とともにあるのだということを忘れてはならず、そのために我々戦争を知らない世代ができることは何なのか、それは答えの出ない問いであると同時に、たくさんの答えを持つ問いでもあると思います。いずれ、そう遠くない未来に、戦争を知る日本人はいなくなるでしょう。それは日本の平和が続くことを意味し、喜ばしいことであるとも言えます。しかし、戦争の記憶をなくしてしまうことはできません。きっとそこには〝戦争を体験した親を持つ世代〟として、何らかの形で語り継ぐべきことがあるのでしょう。

今でも不思議に思っていることがあります。父の最晩年、もうベッドから起き上がれなくなっていた頃、半分眠っているような父が、部屋の天井を見てニコニコと手を振っているようなことが何度かありました。馬鹿げた話に聞こえるかもしれませんが、私は直感的に、先に逝った父の戦友のどなたかが遊びにいらしたのだと思い、「すみませんが父を連れて行くのはどうかもう少し待ってください」と声に出してお願いしたりしていました。

父は決して社交的とは言えない人でしたので、友達の数もそれほど多くなかったと思います。そんな父がこの回想の中で〝親友〟と言えるほど心を許していた中の二人が、共通点が多くすぐに仲良くなったという石志悦郎さんと、のちに父の妹と結婚して義兄弟、私から見ての叔父となった石山剛です。

父が亡くなった日、すでに自身も癌を患っていたのにもかかわらず東京から駆け付けた石山の叔父から、驚くべきことを聞かされました。叔父が父の死去の報せを受けたのは、石志さんのご葬儀から帰宅した直後だったそうです。そして父の葬儀で「長田も石志もあっちに行って寂しいから俺ももうすぐ行く」と言っていた叔父は、その言葉通り、父の死後ひと月足らずで石志さんと父がいる場所へ旅立ってしまいました。

これもまた勝手な妄想ですが、私には、三人が青年将校の姿で連れ立って、たくさんの戦友が待つ場所に行ったのだと思えてなりません。またそうであればいいと願っています。

さて、父も本文に書いている通り、「我が二つの人生」と銘打ってはいますが、その〝二つめ〟の人生については結局ほとんど詳しいことまで言及していません。実際、幼年学校や士官学校でのエピソードや、戦地での作戦内容、戦闘の様子は、ありありと目に浮かぶほど詳細に記されていて、父の心に強烈に残っていたことが伺えます。そのことだけでも、父の人生にとって戦争体験というものがどれほどの領域を占めるものかがわかりますが、父の

〝二つめ〟の人生に生を受けた子供として、それについて少しだけ触れておきます。

本文での表現の仕方からもわかるように、父は実に温厚で淡々とした静かな人でした。その父が人生において、衝動とも言えるような熱情を持ったことが何度かあります。ひとつはもちろん両親に黙って幼年学校を受験したことですが、戦争が終わった後の節目節目にも、その熱情は発動されました。医者になろうと決心して九州大学に入学したこともそうですし、その後医業の傍らでプラスチック工業の会社を興したことも、最初の結婚でもうけた息子2人を抱えた状態で母と出会い、運命を感じて猛アタックしたこともそのひとつだと思います。父の存命中、その頃母に宛てて送ったラブレターが発見されたことがあり、この無口で堅物の父が、いったいどこにこんな情熱を隠していたのかと本当に驚いた記憶があります。

父と母は最後までそれはそれは仲が良く、父は身体の自由があまり利かなくなってからも常に母を気遣い、守ろうとさえしていて、その愛情の深さは子供から見てもちょっと感動的なほどでした。

もちろん我が家でも小さな問題は常に抱えていましたし、良いことも悪いこともありました。でも、過酷な戦争体験を経た父の人生において、幸福で穏やかな老後を過ごしたと言えるのではないかと思っています。


最後に、僭越ながらこの本の〝編集者〟の一人として、いくつかのことを申し上げて終わりにしたいと思います。

まず、足かけ10年にわたってお世話をおかけして、本当に辛抱強くおつき合いいただいたパレードブックスの下牧様には、お詫びとお礼を申し上げます。もしも下牧様がご担当でなければ完成は難しかったと思っています。

編集にあたっては、多くの出来事や実在の方々が登場しますので、史実、事実と異なっているところがないか、細心の注意を払って確認したつもりではありますが、及ばなかった点もあると思います。どうかご容赦いただければ幸いです。

そして何よりも、いまだ元気でいてくれて、本書の題字も書いてくれた母、いつも母の心身の健康のために尽力してくれる兄姉とその家族、親戚（父の手書き原稿をワープロで打ち直してくれた叔母には特に）、それからもちろん誰よりも、休み休みではありますが長い年月をかけてこの文章を書いてくれた亡き父に、心から感謝したいと思います。

とても長い時間がかかってしまいましたが、ついに書籍という形になり、わずかな数でも父の大好きだった書店で取り扱っていただけることを、父もきっと戦友の皆様と共に喜んでくれていると信じています。

2020年9月

大好きな天寿しのカウンターにて

我が二つの人生

2021年4月30日　第1刷発行

著　者　長田志郎《ながたしろう》

発行者　太田宏司郎
発行所　株式会社パレード
　大阪本社　〒530-0043　大阪府大阪市北区天満2-7-12
　　　　　　TEL 06-6351-0740　FAX 06-6356-8129
　東京支社　〒151-0051　東京都渋谷区千駄ヶ谷2-10-7
　　　　　　TEL 03-5413-3285　FAX 03-5413-3286
　https://books.parade.co.jp
発売元　株式会社星雲社（共同出版社・流通責任出版社）
　　　　　　〒112-0005　東京都文京区水道1-3-30
　　　　　　TEL 03-3868-3275　FAX 03-3868-6588

装　幀　田口直之（PARADE Inc.）

印刷所　創栄図書印刷株式会社

ISBN 978-4-434-28598-1　C0095